ひとり白虎

会津から長州へ

植松三十里

集英社文庫

目次

ひとり白虎　会津から長州へ

一　謹慎の寺

冷たい雨でも降り出しそうな曇天の下、護国寺《ごこくじ》の境内には北風が吹き抜け、落ち葉が音を立てて地面を転がっていく。

くっきりと年輪が刻まれ、輪切りにされた切り株の上に、飯沼貞吉《いいぬまさだきち》は太めの薪《まき》を立てた。それからせいいっぱい斧《おの》を持ち上げて、薪に向かって振り下ろす。

だが斧は薪の端をかすめただけで、刃の角が台に突き刺さった。薪は墓場の方まで飛んでいってしまった。

貞吉は拾いに行きがてら、自分の手を見た。木刀や竹刀《しない》を握るのとはわけが違い、手のひらは真っ赤で、皮がむけ始めている。

四百五十石取りの会津《あいづ》藩士の家に生まれ育ち、十五歳の今まで、薪割りなどしたことがない。藩が戊辰《ぼしん》戦争に負けて以来、何もかも変わってしまった。

それに敗戦のひと月前に負った喉の傷口が、会津から江戸に来るまでの長旅で、ふたたび開いてしまった。それが膿《う》んで、ここのところ微熱が続いており、斧を振り上げるのにも力が入らない。

江戸の北西に位置する護国寺には、今や三百人あまりの会津人が収容されている。大勢いた修行僧や寺男たちは、ほとんどが追い出され、暮らしの雑用は、すべて自分たちで行わなければならない。

藩から支給された金で、それぞれが出入りの米屋から米を買って自炊する。掃除や風呂焚《た》きの作業は交代で行う。

その日、貞吉は薪割り担当だった。元々、修行僧が入っていた大風呂を焚くためには、大量の薪が必要で、かなりの重労働だ。

薪を拾おうと、墓場の前まで進み、だるさをこらえて身をかがめた時だった。いきなり後ろから突き飛ばされ、貞吉は前のめりに地面に転がった。

背後で大笑いが起きる。振り返ると、数人の若い男たちが手を打って笑っていた。そっと忍び寄って、わざと背中を蹴飛ばしたらしい。

知らない顔ばかりだが、会津から一緒に護送されてきたような気もするし、違うような気もした。

ひとりが顎を突き出し、いかにも小馬鹿にしたように言う。

「おめえ、白虎隊《びゃっこたい》の仲間が、大勢、自刃したのに、ひとりだけ死に損なったんだってな。その首の手ぬぐいの下が、ためらい傷か」

さすがに貞吉は黙っていられずに言い返した。

「ためらい傷ではないッ」

会津盆地の外れにある飯盛山《いいもりやま》で、白虎隊の一部が集団自刃し、貞吉も脇差で喉を突いたものの、ひとりだけ蘇生《そせい》してしまった。それは事実だが、断じて、ためらったわけではなかった。

「そうか。じゃあ見せてもらおうか」

男は近づいて、いきなり首の手ぬぐいに手を伸ばした。貞吉が取られまいとすると、揉《も》み合いになった。

「死に損ないのくせに、刃向《はむ》かうつもりかよッ」

ほかがいっせいに加勢した。たちまち手ぬぐいが引きはがされ、腹を殴られて、貞吉は地面にうずくまった。土埃《つちぼこり》が上がる中、背中や腰、ところかまわず蹴られる。下駄で踏みつける者もいた。

貞吉は海老《えび》のように背中を丸めながらも、抵抗はせず、されるがままになっていた。こんな仕打ちを受けても当然に思えたし、いっそこのまま死んでしまえば、楽かもしれないとまで思った。

突然、大声が聞こえた。

「何をしているッ」

暴行が止《や》み、ひとりが慌てて言った。

「まずい。小倉《こくら》の役人どもだ」

そして、いっせいに逃げ出した。

会津から江戸までの護送を担当したのは、北九州の小倉藩だった。

もともと小倉は徳川譜代の大藩として、外様《とざま》の多い九州諸藩に君臨していた。しかし幕末の第二次長州《ちょうしゅう》征討の際に、あっけなく城を捨ててしまった。

それをきっかけに幕府方の旗色は悪くなる一方で、挽回できないまま幕府崩壊に至った。そのため会津人にとっては不愉快な存在だ。

ばらばらと役人たちが駆け寄ってきた。そして貞吉の顔を見て言った。

「あッ、この者です。父親が、息子と同じ寺に居させてくれと申すのは」

会津藩士たちは護国寺を含めて、江戸市中七つの謹慎所に振り分けられており、親子や兄弟は、たいがい違う場所に収容されている。

しかし貞吉の父、飯沼一正《かずまさ》は、息子の傷を案じて、自分が世話をしたいからと、同居を願い出ていた。

一正は、息子が白虎隊で、たったひとり生き残ったと知った当初、当惑顔で言葉もなかった。それでも、いつしか、かばってくれるようになっていた。

役人たちの中から、ひとりの男が進み出た。黒羅紗《らしゃ》の詰め襟服に、朱色の陣羽織を身につけている。見たところ二十代半ばで、日焼けした顎が張り、太い眉の下の目が鋭く、印象の強い顔立ちだった。

男は貞吉に近づくと、腕をつかんで立ち上がらせ、首の傷をのぞき見た。

「これは、ひどいな」

そして役人たちを振り返った。

「医者には診せたのか」

役人たちは当惑顔を横に振る。

「怪我人《けがにん》は別の謹慎所で治療しているので、ここには医者はおりません」

護送される前に、怪我人は申し出ろと言われたが、貞吉は遠慮してしまった。その時は治りかけていたし、傷の理由を詮索されるのが嫌だったのだ。

陣羽織の男は、貞吉の腕をつかんだままで言った。

「熱もあるようだし、とりあえず、このまま父親と一緒に居させよ」

それから台に突き刺さった斧に、鋭い目を向けた。

「こんな病人に薪割りなどさせるな」

役人のひとりが、貞吉に恩着せがましく言った。

「長州藩の楢崎頼三《ならざきらいぞう》さまだ。ありがたく承《うけたまわ》れよ」

捕虜の受け取り責任者だという。だが貞吉は長州人と聞いて、手荒く腕を振りほどいた。

長州藩は会津藩に朝敵の汚名を着せ、そのうえ恭順の申し出を突っぱねて、強引に戦争に持ち込んだ憎むべき敵だ。

するといつも役人が慌ててたしなめた。

「なんだ、その態度は。せっかく、お優しくしてくださっているのに、無礼ではないか」

貞吉は楢崎頼三という男を見据えて、吐き捨てるように言った。

「敵の情けは受けない」

すると頼三は太い両眉を上げた。

「なかなかいい根性をしているな。面構えも悪くない」

貞吉は目鼻立ちが整っており、子供の頃から若君顔だと言われて育った。そのうえ、ここ数年で急に背が伸び、十五歳には見えない。武芸も学問も得意で、目に力があると言われる。

頼三は、さっきの男たちが逃げていった方向に、改めて視線を向けた。

「それにしても会津の者は、ひどいことをする。弱い者いじめとは」

貞吉は首を横に振った。

「あれは会津藩士ではない」

小倉の役人が、また小声でたしなめた。

「言葉づかいを改めろ。楢崎さまを、どなただと心得るッ」

貞吉は仕方なく言い直した。

「会津の武士は、あのような振る舞いは致しません」

会津には子供の頃から厳しく守るべき掟《おきて》があり、その中のひとつが弱い者いじめの禁止だ。

「なるほど」

頼三は腕を組んで言う。

「だが今、この寺にいるのは、皆、会津から連れてこられた者だぞ」

貞吉は目を伏せた。

「もしも会津の者だとしたら、戦争に負けて、気持ちが荒《すさ》んでいるのかもしれません。それに」

思わず強い口調になった。

「私は弱い者ではありません」

頼三は肩をすくめた。

「弱い者でなければ何だ？　何か悪事でも働いて、制裁を受けていたのか」

「違います。私は悪いことなど何もしていません」

「そうか。だが、父親に世話してもらわなければならないほど、怪我が悪化しているのだから、充分に弱者だろう」

「ならば、父と離れ離れにしていただいても、けっこうです」

役人たちが頼三に聞いた。

「今から怪我人の謹慎所に移しますか」

すると頼三は首を横に振った。

「いや、このままでいい。医者は、僕の方でなんとかしよう」

そう言い置くなり立ち去り、役人たちが揃《そろ》って後を追った。


貞吉は袋だたきにあったせいで、さらに傷が悪化し、翌日は起きられなかった。作業は免除されたが、同じ広間で寝泊まりする中から、聞こえよがしの声が聞こえた。

「朝から寝ているとは、いい気なもんだな。死に損ないが」

一正は黙っていたが、膝の上に置いた拳が小刻みにふるえていた。貞吉は自分のせいでと思うと、居たたまれなかった。

やはり怪我人用の謹慎所に移ろうかと考え始めた矢先、頼三と同じような年頃で、総髪の男が現れた。袖口の擦り切れた羽織姿だが、細面で、優しげな目をしている。

「飯沼貞吉くんだね。僕は松野礀《はざま》という医者だ。楢崎頼三から頼まれて来た。さっそくだが、喉の傷を診せてもらおう」

貞吉は「僕」という言葉を聞き逃さなかった。長州藩士が使う一人称だ。そのため床の上で、くるりと背を向けた。

するといっそ松野礀は、貞吉の背中に向かって穏やかに話しかけた。

「敵の情けは受けないそうだな。でも僕は長州藩士ではない。長州の田舎の生まれ育ちではあるけれど、もともと侍ではないし、まして今は脱藩の身だ。まあ藩士でもないのに、脱藩というのも変で、無宿人というか、無宿医者とでもいうところだな」

かたわらにいた一正が聞いた。

「では医術は、どちらで？」

礀は丁寧に答えた。

「萩《はぎ》の城下の医学校で学びました。大坂で蘭医《らんい》に弟子入りしたこともあります。それから家に帰って田舎医者をやっていましたが、世の中が変わっていくのを見て、居ても立ってもいられなくなり、江戸に飛び出してきた次第です」

すると一正が息子に勧めた。

「貞吉、診ていただきなさい。おまえの具合が悪くて働けないと、私も肩身が狭いしな」

冗談交じりだったが、そう言われては従わないわけにはいかない。子供の頃に学んだ掟には、年上の者に背くなというものもある。

貞吉が体を振り向かせると、磯は首の手ぬぐいに手を伸ばして、そっと巻き取った。

「ああ、膿んでいるな。これでは熱も出るはずだ」

傷口を診ながら言う。

「傷を負った後に、医者が縫ったのだな」

二ヶ月前、貞吉は飯盛山で、みずから脇差で喉を突き、生死の境をさまよっていたところを、ハツという中年の女に発見された。ハツは自分の息子を探しに来て、貞吉の息があるのに気づいたのだ。

その後、ハツは男手を頼んで、貞吉の身柄を飯盛山の麓まで運んだ。だが会津城下周辺は、すでに敵に押さえられており、医者を頼むことができなかった。会津藩士をかくまった者は、厳しく罰すると布告されていたのだ。

米沢街道の宿場町である塩川《しおかわ》ならば、まだ大丈夫だと聞いて、ハツは貞吉を馬に乗せ、夜陰に乗じて北へと移動した。そこで医者が傷口を縫合したのだ。だが塩川にも敵が近づいて危うくなった。

塩川は会津城下から二里程だったが、そこから、さらに北に倍もの距離を逃れた。喜《き》多方《たかた》を越え、会津盆地の北の外れから渓流沿いに入り、谷あいの村の最も奥まった場所まで、貞吉は馬で運ばれた。

三方に山が迫る、ひっそりとした一角に不動堂があり、裏手には滝が流れ落ちていた。貞吉は不動堂に運び込まれ、そこでハツの看護を受けたのだ。

地元の村人たちが米や薬を届けてくれたが、傷の痛みは激しく、貞吉は仲間の後を追いたかった。だが飯盛山で前後不覚に陥って以来、刀が手元になく、ふたたび自刃することはかなわなかった。

会津が開城したという事実を知ったのは、その不動堂にいた時だった。白虎隊の自刃後、ひと月も城は保《も》ったのだ。

その後、多くの藩士たちが、塩川の代官所に収容されたという。

貞吉は体の回復を待ち、塩川に出頭することに決めた。いつまでもハツや村人たちの世話になっているわけには、いかなかった。

そして塩川で、貞吉は母と幼い弟に再会したのだ。

母は貞吉が出陣する際に、はなむけとして歌を詠んでくれた。

「梓弓《あずさゆみ》むかふ矢先きはしげくとも　ひきなかへしそ武士《もののふ》の道」

梓弓とは神事に用いられる弓で、小型のものが多い。まだ年端《としは》もゆかぬ息子を、気高い弓に例えていた。

そして、どんなに敵に矢を射られても、引き返さないのが武士だと、歌に託して説いたのだ。ひきなかへしそは、引き継がれてきたという意味もあり、掛け詞《ことば》になっていた。

そんな歌を詠む気丈な母だったが、生き残った息子の姿を見て涙を流した。

貞吉は、はからずも引き返してしまったわが身が情けなかった。母に対しても申しわけなく、弟には合わせる顔もなく、ろくな詫《わ》びも言えぬまま別れた。

もう塩川は藩士で一杯で、猪苗代《いなわしろ》にも謹慎所が設けられており、そちらに行けと命じられた。会津盆地の東、猪苗代湖のほとりの村だ。

謹慎所におもむくと、父がいた。飯盛山での白虎隊自刃は、すでに知れ渡っており、生き残った貞吉には白い目が向けられた。

そのうえ貞吉は、叔母の八重子が城下の屋敷で家族もろとも自害したことを知った。西郷頼母《たのも》という家老に嫁いでいた父の妹で、姑《しゅうとめ》や義理の妹や娘たちを引き連れて潔く死んだという。

西郷家は飯沼家と屋敷も近く、貞吉自身、たびたび遊びに行った親戚だった。四歳の可愛《かわい》い盛りの従姉妹《いとこ》もいたし、末の子は、まだ赤ん坊だった。

ほかの家でも、女子供の自害は多発していたが、西郷家は家老職だっただけに、惨事は特に知れ渡っていた。

よりによってそんな家老の甥《おい》が、白虎隊自刃の中で生き残るとは恥さらしであり、女たちの美談に泥を塗るものだと、貞吉は後ろ指をさされた。

その後、猪苗代の謹慎所から江戸へと護送され、三百人あまりが護国寺に入ったのだ。

松野磵は傷口に塗り薬をつけて、新しい晒《さらし》を巻くと、一正を振り返って言った。

「こういった傷には温泉が効くのですが、若いし、塗り薬だけでも、なんとかなるでしょう。熱冷ましの薬も置いて行きますので、飲ませてやってください」

熱冷ましはよく効いて、薪割りや風呂焚きなどの作業に復帰できたが、傷口は、なかなかふさがらなかった。

磵は毎日のように診察に来ては、無理をするなと諫《いさ》めた。だが貞吉としては、これ以上、休んで、白い目を向けられたくはなかった。


十一月に入ってほどなく、貞吉は父と一緒に寺の本坊に呼ばれた。行ってみると、磵と一緒に、楢崎頼三が待っていた。

頼三は鋭い目で人払いをすると、一正に向かって思いがけないことを言った。

「お役目が一段落ついたので、国元に帰ることになった。ついては、ご子息を、しばらく預からせてもらえないか」

一正は驚いて聞き返した。

「しばらく、預かるとは？」

「とりあえずは、会津藩の謹慎が解けるまでだ。一年か、それ以上になるかもしれない。その間、国元に連れていこうと思う」

「長州に？　でも会津の者とわかったら、ただではすみますまい」

「僕の両親が長州の田舎で隠居している。磵の家も割合に近くで、山の中の小さな村だ。そこで暮らせば、外にはわからない」

貞吉にしてみれば、敵の国元に行くなど、とんでもない話だった。

一正は、ためらいがちに頼三に聞いた。

「出発は？」

「明日だ。日が昇ってからでは目立つので、夜明け前に出る。寺や小倉藩には問題にしないように、内々に話をつけておく。僕の従者として連れていくつもりだが、会津の者たちには逃げたことにすればいい」

貞吉は激しく首を横に振った。自分が逃げたことになれば、今度は父が責められる。

一正は当惑顔を隠さなかった。

「なぜに、そこまで？」

「そろそろ僕も、若党か馬の口取りくらいは、雇ってもいいかと思ってな」

頼三は冗談めかして答えたが、すぐに真顔に戻った。

「それに、ご子息のことを調べさせてもらった。藩校時代、学問も武芸も成績がよかったらしいな。白虎隊の自刃の件も聞いた」

磵が言葉を添えた。

「この男は話し方が乱暴ですが、つまりは貞吉くんを見込んだのです。頼三の父上は誠実な方で、それに読書家で、家には書物がたくさんあります。本を読みながら、謹慎が解けるのを待つこともできます」

磵は貞吉に向かって言った。

「故郷を捨てるのはつらかろうが、ここに居るのは、もっとつらいぞ。僕も故郷を捨ててきた身だ。これから世の中は大きく変わる。新しい時代が来る。君は自分自身のために決断すべきだ」

貞吉が断ろうとする間もなく、頼三は陣羽織の裾をひるがえして立ち上がった。

「とにかく明日、迎えに来る。断ってもかまわない。行く気になったら、明けの七つに寺の山門に来い」

その夜、貞吉は一睡もせずに考え続け、床の中で夜の八つの鐘を聞いた。約束の時間まで、あと一刻だった。

闇の中、一正が隣の寝床から小声で聞いた。

「貞吉、起きているか」

貞吉は総毛立った。行けと言われるのが怖かった。答えられないでいると、肩を揺すられた。

「起きろ。外で話そう」

広間の雑魚寝《ざこね》で、ほかの者の耳に入るのは避けたいに違いなかった。

貞吉は仕方なく起き上がり、父の後について玄関から外に出た。月明かりは暗かったが、目が馴《な》れると、歩くのに不自由はない。

一正は本堂前に出て、回廊に続く階段に腰を下ろした。

「おまえも座れ」

貞吉は黙って父の隣に腰かけた。一正は前を向いたままで言った。

「昨日から、ずっと考えていたのだが」

ひと息ついてから続けた。

「おまえは長州に行け」

貞吉は即座に拒んだ。

「嫌です。こればかりは父上の仰せでも、聞くわけにはいきません」

「そうか」

また深い息をついた。

「だがな、貞吉、ここにいても、おまえは一生、日陰者だ。一生、死に損ないと、後ろ指をさされ続ける。ならば、誰も知らない土地に行け」

「待ってください。父上は私を見捨てるつもりですか」

「見捨てるわけではない。だが、おまえは飯盛山で、いったん死んだのだ。そこから生き返った。これからは生まれ変わったつもりで、新しい人生に踏み出せ」

「でも、でも、よりによって長州など」

「それも縁だ。頼三という男にとっても、おまえを連れて帰るのは、危ない橋を渡ることになる。それでも連れて行くというのだから、悪いようにはせんだろう」

「でも私は会津人です。敵の情けを受けるなど、そんな筋の通らないことはできません」

「会津人の飯沼貞吉は、あの日、飯盛山で死んだのだ。これからは日本人の飯沼貞吉として生きればいい」

一正は月を見上げた。

「今度の戦争で、会津が負けたわけを、おまえは知っているか」

「敵に卑怯《ひきよう》な手を使われたからです」

「卑怯な手か。そうかもしれぬな。薩摩《さつま》や長州は、性能のいい武器を西洋から金で手に入れただけで、易々《やすやす》と勝ったのだから」

少し自嘲的に言った。

「われらも輸入銃や大砲を持ちはしたが、多くが旧式のものだった」

一正は城から討って出て、武器の違いを痛感したという。敵の武器が、すべて勝《まさ》っていたわけではないが、大砲の飛距離や命中率、銃の連射の速度などで、飛び抜けたものが混じっていたのだ。

「厳しい剣術の稽古は、心と体を鍛えはしたが、そんな砲弾の前には虚《むな》しかった。もはや考えを改めるべき時が来ているのだ」

前を向いたままで淡々と語った。

「確かに新しい時代は来ている。西洋の武器のように優れたものを、自分たちで作れるようにならなければならない。西洋の技術や文化を取り入れるのだ。そのためには会津人や長州人などという枠を越えて、日本人という意識を持たねばならぬ」

そして初めて貞吉を見た。

「おまえは、まだ若い。若いからこそ、意識は変えられる」

「私に会津の誇りを捨てろと仰せですか」

「誇りなど、すでに失っている。たとえ、このまま留《とど》まっても、一生、取り戻せはしないぞ」

「でも、でも、母上は」

貞吉は、いまだ会津に残されている母を思った。

「私が長州に行ったと知ったら、どれほど嘆かれることか」

一正は首を横に振った。

「いや、納得するはずだ。ここで、おまえが、どんな目にあっているかを知れば」

一瞬、言葉に詰まった。

「私は、おまえが殴られたり、馬鹿にされたりするのが、何よりつらい」

かすかに声が潤んでいた。

「おまえは馬鹿にされるようなことは、断じてしていない。それは私が充分に知っている。母も知るだろう。だが、ほかの会津人は、おまえを受け入れられないのだ」

一正は手で口元を覆い、くぐもった声で言った。

「私には何もしてやれない。それが情けない」

貞吉は父の涙を、生まれて初めて見た。そして深い哀《かな》しみを理解した。息子が大事だからこそ、息子の苦難が耐えがたい。それでいて助けることもできない。

父は涙声で続けた。

「貞吉、今、おまえを助けられるとしたら、あの楢崎頼三しかいないのだ」

「でも、でも、敵に助けられるなど」

「敵だったのは戦争の時だ。今や彼らは勝者であり、私たちは敗者だ。負けたという事実を受け入れなければならない」

両手で涙をぬぐって言った。

「これから私たちには、どんな処罰が待っているか知れない。たとえ赦《ゆる》されるとしても、武士として生きていかれるかどうか定かではない。ならばせめて、おまえだけでも道があるのなら、その道を行かせたい」

貞吉にとって、今まで武士の鑑《かがみ》のようだった父が、武士でなくなるなど考えられない。戸惑いは深まるばかりだ。

その時、明け七つの鐘が鳴った。

本坊から提灯《ちようちん》を持った小坊主が出てきて、本堂前の中門を開けた。そして山門に向かって、長い石段を降りていった。昨日のうちに、頼三が開門を命じていたらしい。

一正は立ち上がって言った。

「さあ、行け」

貞吉は決断がつかず、立てなかった。すると父は、また涙声で言った。

「おまえには故郷も、帰る家も、もうないのだぞ」

息子の肩をつかむと、大声で怒鳴った。

「行けッ、早く行くんだッ」

貞吉は、ようやく立ち上がった。父の手が離れる。そのまま一歩、二歩と後ずさりした。

もういちど一正が怒鳴る。

「早く行けッ」

もはや行くしかなかった。武士でなくなるかもしれない父に、これ以上、頼ることはできないのだ。

思い切って踵《きびす》を返し、中門に向かって駆け出した。開け放たれた中門をくぐると、長い石段の下に小坊主の提灯が揺れていた。はるか下の山門のくぐり戸が開いており、かすかな提灯の明かりで、陣羽織の人影が見える。

一瞬、本堂を振り返った。父は淡い月明かりの下で、まだ同じ場所にたたずんでいた。夜気の中、哀しみが伝わり来る。

つらいのは自分だけではない。父も、そして、いずれは母も、息子との別れを知って哀しむ。でも、ここに残っていても、なおさら両親を苦しませるだけなのだ。

貞吉は未練を振り切って、前に向き直った。それからは、心もとない明かりを目指し、一気に石段を駆け降りた。

二　自刃まで

狭い谷あいの雑木林は、ところどころに黄色や茶色が混じり始めていた。

今朝方までの雨を含んで、どの木々も重そうに枝をしならせ、葉先から水滴を滴らせている。山道沿いのせせらぎは、雨水で濁り、激しい水音が響く。

飯沼貞吉は寒さをこらえながら、湿った詰め襟服の背を丸め、隊列の最後尾を黙々と歩いていた。

前に連なるのは、会津藩白虎士中《しちゅう》二番隊の十数人で、十六、七歳の少年ばかりだ。

貞吉と同じ黒羅紗の詰め襟服姿が多いが、小袖と袴《はかま》の上に羅紗の羽織を着ている者もいる。足元は揃って草鞋《わらじ》履きで、背中に銃を斜め掛けにしていた。

細い山道には濡《ぬ》れた落ち葉が分厚く積もり、一歩、踏み出すたびに、草鞋の爪先に雨水が染み出す。足元は濡れたままで冷え切っている。

昨夜は猪苗代の手前の山中で、生まれて初めて野営を経験した。まして夜通しの雨で寒さにふるえ、ほとんど眠れなかった。さらに夜明け前には、これも生まれて初めての銃撃戦を経験し、そのまま敗走してきたのだ。

もはや疲れ切っていた。そのうえ負け戦だったことで、心は不安で一杯だった。

貞吉は仲間内で最年少だ。白虎隊の入隊規定は十六歳以上だが、どうしても加わりたくて、上背があるのをいいことに、年齢を偽ったのだ。だからこそ、どんなに疲れていても、弱音ははけない。

寒さと疲労と不安に加えて、空腹もひどかった。一行は充分な兵糧《ひょうろう》を携帯しておらず、昨夜、別の部隊から、握り飯をひとつずつ分けてもらっただけで、以来、朝も昼も水しか飲んでいない。

口を開けば「腹が減った」という言葉が出てしまいそうで、ただ黙って歩いていた。行軍中に食べ物のことをとやかく言うなど、恥ずべきことだという思いもある。

その時、静寂を破って、突然、隊列の中ほどから、派手な声が上がった。

「いてててッ」

西川勝太郎という十六歳の隊士だった。藩校日新館《にっしんかん》での成績がよく、名前の通り勝ち気で、それでいて軽口もたたき、何かと目立つ存在だ。

小柄ながらも剣の腕は群を抜いている。打ち込む時に床を蹴って飛び上がり、上半身のばねを利かせて木刀を振り下ろす威力は、大柄な者にも及ばない。

何事かと全員が立ち止まる中、勝太郎は、いまいましげに足元の濡れ落ち葉を蹴散らした。

「栗だ」

片足を上げて、しきりに草鞋の裏を見ている。栗の毬《いが》を踏んだらしい。

先頭を歩いていた篠田儀三郎《しのだぎさぶろう》が、振り返って言う。

「脅かすな。まむしにでも噛《か》まれたかと思うだろう」

儀三郎も日新館の秀才で、この集団の実質的な引率役だ。勝太郎と違って大柄で、十七歳とは思えないほど大人びている。白虎隊全体の中でも一目置かれる存在だった。昨日まで白虎士中二番隊を率いてきた中年の隊長は、兵糧を調達しに行ったきり戻らなかった。そのため昨夜の銃撃戦を指揮したのは儀三郎だった。

貞吉は、ふと木を見上げて叫んだ。

「栗の木だッ。栗が生《な》ってるッ」

仲間たちの目の色が変わった。

「栗だッ。食えるぞッ」

誰もが栗の木に突進する一方で、儀三郎は小首を傾《かし》げた。

「まだ青いな。食えるだろうか」

「どうかな。とにかく落としてみよう」

西川勝太郎が肩から銃を外し、木部の床尾をつかんで持ち上げ、筒先で毬をつついた。

ひとりが遠慮がちに言う。

「西川さん、殿さまから、お預かりしている鉄砲を、そんなことに使っちゃ」

するど勝太郎は手を止めて、口をとがらせた。

「じゃあ、おめえは食うな」

儀三郎が冗談めかして助け舟を出した。

「まあ、刀で栗の木に斬りかかるわけにもいかんし、ここは大目に見てやれ」

その時、毬が三つ四つ、まとめて落ちてきた。勝太郎は慌てて身をかわす。

「あぶね、あぶねえ」

大げさな仕草に笑いが起きた。それからは、わざと腰を引き気味にして、銃の筒先でつつき続けた。

かなりの数が落ちたところで、儀三郎が、ひとつに手を伸ばした。

「食えるといいが」

すかさず勝太郎が茶化《ちゃか》す。

「いいが、いいがは栗の毬」

また皆が笑い、ひとつずつ拾った。

貞吉も指先で棘《とげ》を摘《つま》んで拾い上げたが、まだ毬がはぜていない。棘を左右に引っ張っても割れない。

周囲を見まわすと、勝太郎が脇差を抜いて、切っ先で切り込みを入れていた。武士の魂ともいうべき刀で、栗の毬など割っていいのかと、なおも貞吉がためらっていると、勝太郎が視線に気づいた。

「ま、昔の合戦場じゃ、こうして刀を使ったはずだ」

また儀三郎が、かばうように言う。

「とにかく皆も食え。これほど腹が減っては、どうにもならん」

貞吉も、ほかの隊士たちも次々と脇差を抜き、毬に当て始めた。

今朝方の銃撃戦は、緒戦は優勢だったものの、結局、敵の猛反撃を受け、とうてい勝ち目がなかった。その時、儀三郎が撤退を告げたが、それに反対する隊士もいた。すると勝太郎が言った。

「敵は多勢だ。こんな人数で立ち向かっても犬死《いぬじに》になる。今は帰城して殿をお守りし、最後まで城を枕に、皆で討ち死にしよう」

それきり反対の声は消えた。いつも勝ち気な勝太郎の言葉だけに、説得力があったのだ。

今も儀三郎と勝太郎の掛け合いによって、仲間たちが従う。

貞吉が毬を割ると、小さな栗の実が、ふたつ並んでいた。生《なま》の栗を食べるのは初めてだったが、空腹なら何でもうまかろうと、片方を指先で取り出した。脇差で硬い皮にも切れ込みを入れ、渋皮をはがすなり、口に放り込んだ。

しかし嚙んだ途端に、えぐみが口の中に広がる。見れば誰もが顔をしかめていた。真っ先に勝太郎が文句を言う。

「こりゃ、ひでえな」

だが儀三郎は平然としている。

「まだ早いが、食えんことはない。少しは腹の足しになるさ」

そして、ふたつめの栗をむいて、永瀬雄次《ながせゆうじ》という隊士に差し出した。

雄次は銃撃戦で深手を負っており、ここまで仲間の肩を借りて進軍してきた。すでに右手の自由が利かない。

「すまんな」

雄次は礼を言いながら、左手をふるわせて受け取り、ゆっくりと口に運んだ。

勝太郎は雑木林を見まわした。

「柿はねえのか。柿の木は」

儀三郎が笑う。

「柿だって、そのままじゃ食えんぞ」

ほかの地方では、甘く生る柿があると聞くが、会津の柿は渋い。食べるには、焼酎を吹きかけ、しばらく木箱で寝かせなければならない。

その時、いかにも情けなさそうな小声で、誰かがつぶやいた。

「くりめし」

とたんに貞吉の脳裏に、湯気が立つ飯茶碗《めしぢやわん》が浮かんだ。真っ白い飯のところどころに、黄色い栗が見え隠れして、甘い匂いを放っている。

それを差し出す母の笑顔も見えた。

「さあ、さあ、たくさん食べなんしょ」

つい里心がつきそうになる。

勝太郎が腹に手を当て、眉をひそめた。

「飯の話は、やめようぜ。余計に腹が減る」

すると儀三郎が両手を打った。

「まあ、ここは栗飯を食ったつもりで、頑張ろう。洞門《どうもん》の入口は、そう遠くないはずだ」

前を向いて、全員に手招きするように、大きく片腕を振る。

「それじゃ、そろそろ行くぞ」

また一列に戻って、先頭から歩き始めた。

貞吉は、ふたたびしんがりを務めながら、さっきよりも足が軽くなった気がした。少し休んだせいか、ひとかけらでも栗を食べたせいか。いや、そうではないと、そっと首を横に振った。

さっきまでは不安で一杯だった。疲れているのは、年下で体力がないせいだと自信がなかった。腹が減ったと口にするのも恥ずかしくて、ずっと気を張っていた。だが誰もが空腹なのだと知って、気が楽になったのだ。自分はひとりではない。空腹や不安を分かち合う仲間がいる。その安心感が元気をもたらしたに違いなかった。

列の前方から、儀三郎の声が聞こえた。

「おおい、洞門が見えたぞォ。すぐ、そこだ」

歓声が上がり、一気に隊列の足が早まる。

洞門とは、昔、水道として掘られた洞窟だ。山道は洞門の手前で途切れ、かたわらの水流が山中を突き抜けて、会津盆地の東の端に流れ出る。

普段なら、猪苗代方面から会津城下に向かうには、白河街道を通る。しかし銃撃戦の後だけに、追っ手がかかりそうで、一同は街道を外れて山道に入り、この洞門を目指してきたのだ。

しんがりの貞吉にも洞門が見えてきた。草木が垂れ下がった断崖の下に、暗い洞穴が口を開いている。心弾ませて駆けつけたものの、真っ暗な洞穴の中に入ると思うと、恐怖が先に立った。

その時、儀三郎から呼ばれた。

「おおい、貞吉、ちょっと来い」

貞吉は仲間たちの脇をすり抜けて、急いで前に出た。儀三郎が入口に立って言った。

「おまえは、ここで人数を数えろ。それで最後に中に入ったら、俺に人数を伝えろ。いいな」

「わかりました」

それから儀三郎は勝太郎に相談した。

「松明《たいまつ》は無理かな」

「こんなに何もかも雨に濡れてたら、まず駄目だろう」

「火薬を使っても、火はつかんだろうか」

「くすぶりはするだろうが、明かりにはならんだろうな」

すると儀三郎は、隊士たちに向かって声を張った。

「俺が先に行くから、後に続け。中は暗いから気をつけろよ。それから、火薬を濡らさないようにしろ。水に入る前に、火薬入れを首に巻いておけ」

銃の発射用の火薬は、いつも革の火薬入れに詰めて、腰の革帯に通している。それを、いっせいに外して、首に巻き直した。着物姿の者は、袴の股立《ももだち》を取って丈を短くしている。

儀三郎は声を張って、指示を続けた。

「向こうの出口までは二丁ほどだと聞いている。大人でも立って歩けるらしいが、前のやつの帯でもつかんで慎重に歩け。怪我人には肩を貸して支えてやれ。足元だけでなく、頭をぶつけないように、気をつけろよ」

　そして、ためらいなく水路の中に滑り込んだ。大柄な儀三郎でも、腰のあたりまで浸《つ》かって、少しよろけそうになる。

「昨日の雨で流れが早いぞ。気をつけて降りろッ」

　水の中で足を踏ん張り、仲間のために手を貸す。

　誰もが慎重に足を浸すが、そうとう冷たいらしく、顔をしかめる。勝太郎は水飛沫《みずしぶき》を上げて、勢いよく飛び降りたが、大きく肩をふるわせた。

「ひゃー、冷てえ」

　貞吉以外の全員が降りたのを見極めて、儀三郎が洞門の中に入っていった。貞吉は指を折って入っていく頭数を数えた。

　そして数え終えると、自分も足元を水につけた。もう冷え切っている足には、かすかに温かく感じる。そこで迷いを捨てて、水中に降り立ったが、腹まで浸かると、全身が縮こまるほど冷たかった。

　冷たいのは自分ひとりではない。皆も同じだ。そう自分に言い聞かせて、歩き始めたが、予想以上に水流が強く、下半身がさらわれそうになる。一歩、足を出すのさえ覚束《おぼつか》ない。

それでも遅れまいと、前の隊士に続いて洞門の中に入った。目の前は真っ暗で、水音が壁に反響し、すさまじい音が耳に突き刺さる。

それに負けじと、貞吉は前方に向かって声を張り上げた。

「篠田さん、全部で十六人です」

白虎士中二番隊は当初、三十七人だった。それが、いつの間にか半分以下になっている。山道ではぐれたのか、それとも戦死したのか。今になってはわからない。

貞吉の声が反響しすぎて、聞き取りにくかったらしく、途中の隊士が中継ぎをしてくれた。

「儀三郎、十六人だそうだ」

すぐに返事が戻ってくる。

「わかった。十六人だな」

しばらく進むと、背後からの光が届かなくなり、周囲は真っ暗闇になった。むき出しの土壁を右手で探り、左手で前の隊士の上着の裾をつかんで歩いた。

川底は大きな石や深い窪《くぼ》みがあり、随時、前から伝言がくる。

「ここ、へこんでいるぞ。気をつけろ」

そろそろと歩いていると、急に前方で騒ぎが起きた。悲鳴がこだまする。

闇の中、突然、何かの気配が迫り来る。貞吉は思わず身をかがめた。バサバサッという音が、何度も頭上をかすめていく。

すぐに音は遠のいて静かになった。何かが飛び去ったらしい。儀三郎の声が聞こえた。

「蝙蝠《こうもり》だ」

いっせいに息を吐く気配がした。

「なんだ、蝙蝠かよ」

「脅かすなよ」

「化物でも出たかと思ったぜ」

それからは胆《はら》が据わり、暗闇の中、貞吉は懸命に足を踏ん張って進んだ。

だが行けども行けども、永遠に続くかのように長く感じる。たかが二丁と思ったが、水の中の歩行は、思いがけないほど時間がかかった。

その時、また儀三郎の声がした。

「前に光が見えるぞッ」

前方から歓声が続く。

「本当だッ。出口だッ。出口が見えてきたぞ」

「慌てるな。ここから深くなってるぞ。火薬入れを濡らすな」

いっそう進み方が遅くなる。貞吉の目にも、闇の中に一点の明かりが見えた。

だが同時に川底が深くなり、貞吉の胸の辺りまで水面が迫って来た。いよいよ水が重くなり、一歩進むのにも、よろけそうになる。

列の中ほどで、誰かが転んだらしく、また騒ぎが起きた。それでも周囲が手を貸して立ち上がらせた。

「頑張れ。出口は、もうすぐそこだぞ」

儀三郎の声を頼りに、貞吉は懸命に進んだ。出口の明かりが、どんどん大きくなり、とうとう先頭が外に出た気配がした。

だが歓声とともに、どよめきも聞こえた。外で何か起きたらしい。

もしや敵が待ち伏せしていたのかと、足がすくむ。しかし儀三郎が出口から、後ろに向かって声をかけた。

「早く出てこいッ。出口が一段と深いから、気をつけろッ」

気を取り直して進んだ。周囲が明るくなるにつれ、早く出たくて気が急《せ》く。だが儀三郎の言った通り、出口前で一段と深くなり、水音も滝のように響く。

火薬入れを濡らさないように気をつけながら、なんとか深みを越えると、もう外だった。

眩《まぶ》しさで目がくらむ。目を瞬いて周囲を見渡すと、そこは、ちょっとした池になっていた。急に水流が弱まり、水深も浅くなる。

貞吉は、ここに出たのかと合点した。さざえ堂下の池だ。子供の頃、父に連れられて遊びに来たことがある。

そう思ったのも束の間、遠くで打ち上げ花火のような音が聞こえた。先に出た仲間たちが、不安そうに顔を見合わせている。

「あれは」

貞吉が聞く間にも、また鳴り響く。さっきのどよめきは、これだったらしい。儀三郎が答えた。

「砲音だ。城下の方から聞こえてくるが、敵の大砲か、味方のものかわからない。とにかく急いで水から上がろう」

だが池の周りは泥が深く積もり、足が取られて上がれない。一箇所だけ石を組んだ足場が見つかり、そこから儀三郎が水飛沫を引きずって上がった。

儀三郎は、続く隊士に手を貸して水から引き上げながら、人数を数えた。

「ひとり、ふたり、三人、四人」

最後に貞吉の手をつかんで引っぱり、大声で言った。

「十六人。全員、無事に出たなッ」

誰もが地面に両手と両膝をつき、肩で息をついていた。

羅紗の服が水を吸って重い。そこに秋風が吹きつけて、水に浸かっていた時よりも、はるかに寒い。洞門から出られたという安心感からか、疲れも一気に襲ってきて、もう立ち上がれそうになかった。

その間にも、容赦なく砲音が繰り返される。確かに城下の方角だった。儀三郎が大声で促す。

「さあ、飯盛山に登るぞッ。南斜面に出れば、城下が見渡せる。何が起きているか、確かめに行くんだッ」

ひとりふたり、よろよろと立ち上がり始めた。なおも儀三郎が檄《げき》を飛ばす。

「立てないものは置いていくぞッ」

そして踵を返すと、さざえ堂の方に向かって、足早に歩き出した。周囲も次々と歩き出す。だが、貞吉は遅れてはならじと、力を振り絞って立ち上がった。

が、ふと振り返り、まだ立ち上がろうとしない隊士が、ふたりいるのに気づいた。

ひとりは深手を負っている永瀬雄次。もうひとりは、ここまで雄次に肩を貸して来た林八十治《やそじ》だった。ふたりとも十六歳で、日新館でも親友で通っていた。

だが八十治は、あの水流の中、怪我人を引きずるようにして連れてきて、もう体力が尽き果てていた。

雄次が情けなさそうに言う。

「八十治、もう、かまわずに行ってくれ。俺は山には登れない」

八十治は地面に突っ伏したまま、答えられない。

もし、ここでふたりを置き去りにすれば、敵に捕らえられるか、自刃するのは目に見えている。

貞吉は周囲を見まわした。儀三郎たちは先に行ってしまい、残っているのは小柄な隊士ばかりだ。肩を貸すとしたら自分しかいなかった。だが自分ひとりでも、これほど疲れているのに、人を助けられるのかと心が揺れる。

ただ飯盛山は、さほど高い山ではない。子供の頃に登った記憶では、駆け出していって、すぐに頂上に着いた。

雄次が手で追い払うような仕草をした。

「貞吉、おまえも早く飯盛山に登れ。俺はひとりで、ここに残る」

ここで見捨てたら、きっと後悔する。貞吉は覚悟を決め、大股で近づいて手を差し出した。

「俺でよければ、一緒に」

雄次は力なく首を横に振る。

貞吉はしゃがんで腕をつかむと、強引に腋《わき》の下に肩を差し入れて、そのまま立ち上がらせた。重くてよろけそうだが、なんとしても連れて行かなければならなかった。

八十治も、よろよろと立ち上がって近づいてくると、貞吉の肩から銃を外し、自分のものと二丁を、まとめて担いだ。

「貞吉、恩に着る」

そこからは、さざえ堂の前を通り、山道を登った。

貞吉は自分のどこに、こんな力が残っていたのかと驚くほど、力強く登った。さすがに疲れて足が遅くなると、八十治が交代してくれた。

ほかの小柄な隊士たちに次々と追い越され、とうとうしんがりになった。

それでも小高い頂上が見えてくると、西川勝太郎が待っており、奥を指差す。

「頂上から南斜面に出る道がある。先に行っているからな」

そう言い置くなり、視界から消えた。

貞吉は頂上までたどり着くと、また八十治と代わって、今度は下り坂に向かった。

雑木林を抜けて急坂に差し掛かった時、坂下に仲間たちが立っているのが見えた。全員、城下を向いており、泣き崩れる者もいる。なおも砲音は続いていた。

貞吉は逸《はや》る心を抑え、八十治とふたりで雄次を両側から支えつつ、注意深く急坂を降りた。

下りきったところで雑木林が途切れ、視界が開けた。貞吉は南に目を向けるなり、そのまま立ちすくんだ。

　眼下には、稲刈り前の黄金色の田園が広がり、その先に大きな町が見えた。そこから幾筋もの黒煙が上がっていたのだ。ところどころ朱色の炎も見える。

　この辺りで大きな町といえば、会津の城下町しかない。もう町が直接、敵の攻撃を受けていた。

　今朝方、自分たちが受けた猛攻を思えば、こうなっていても何の不思議もない。だが自分たちが生まれ育った町が、敵に襲われようとは、まったく想像していなかった。

　貞吉の横で、雄次が地面に崩れ落ちた。それを支える気力もない。ただ呆然《ぼうぜん》と立ちつくす。

「お城は」

　貞吉がつぶやくと、篠田儀三郎が仁王立ちで言った。

「お城は落ちない。難攻不落の鶴ヶ城《つるがじょう》だ。城下が焼かれても、皆、城内に入って応戦しているはずだ。落城したりするものかッ」

　儀三郎が言うと、そんな気もする一方で、不安も残る。これほど黒煙に巻かれて、城が無事とは思えなかった。もし落城していたら、もう何もかもおしまいだった。

　それでも儀三郎は、ひとりひとりを見据えて、力強く言った。

「これから帰城するぞ。今朝方、勝太郎が言った通り、お城で殿をお守りし、最後が来たら、皆で城を枕に討ち死にするんだッ」

しかし当の勝太郎が、地面に座り込んでいる永瀬雄次に、戸惑い顔を向けていた。

貞吉は視線の意味を理解した。怪我人を連れている限り、この砲撃のただ中を突破できない。途中で敵に捕まれば、捕虜としての辱めを受ける。

雄次自身が視線に気づいて、落ちついた口調で言った。

「俺のことはかまわず、皆で、お城に向かえ。無事に入城して、最後まで戦い抜いてくれ」

だが怪我人ひとりを置き去りにするのは、あまりにむごい。皆が立ち去るのを、どんな思いで見送るのか。それとも先に腹を切らせ、誰かが介錯《かいしゃく》してやるべきなのか。

だが仲間がひとりで死ぬ場など、誰も見たくはない。全員が黙り込む中、なおも砲音だけがこだました。

すると八十治が申し出た。

「俺も、ここに残る。雄次とふたりで、刺し違えて死ぬから、後は気にしないでくれ」

それも哀れだった。せっかく一緒に、ここまでたどり着いた仲間だと思うと、ひとりでもふたりでも同じことだった。

その時、儀三郎が厳しい表情で、貞吉の火薬入れを指差した。

「皆、火薬入れは無事か。濡らしてはいないだろうな」

貞吉は首に巻いた火薬入れを外して総毛立った。いつの間にか水に浸かったらしく、革の色が変わっている。さらに蓋を開けてみて、思わず目を閉じた。火薬まで水を吸っていたのだ。

周囲を見まわすと、ほかの隊士たちも同じらしい。激しい落胆で頭を抱えたり、地面に突っ伏したりしている。火薬がなければ戦えない。

その時、西川勝太郎が声を張り上げた。

「ここで揃って死のう。これは犬死ではないッ」

儀三郎がうなずく。

「わかった。帰城の途中で、敵に生け捕りにされたら、何よりの恥だ。それは避けなければならない」

さらに声高らかに告げた。

「俺たちは、武士の本分を明らかにするために、ここで死ぬ。この戦争で会津人が間違ったことはしていないと、後世に訴えるために死ぬのだ。ただし」

ひと息ついてから言葉を続けた。

「その意図を、誰かに城中に伝えてもらいたい。砲弾が降り注ぐ中、命がけで突破して、殿に言上して欲しい。俺たちの死が犬死ではないと」

だが貞吉は背筋が凍る思いがした。儀三郎が自分を見つめていたのだ。さらに火薬入れを差し出された。

「俺の火薬は濡れていない。これを使って、お城に向かえ」

貞吉は最年少だけに、今まで何かと気軽に命令を下されてきた。それが嫌ではなかった。むしろ隊の役に立てることが嬉《うれ》しくて、どんな雑用でも小まめに引き受けた。

でも、これぱかりはできない。どれほど大事な役目であろうとも無理だった。もし途中で敵に捕まったら、目的を果たせないばかりか、下手をすれば、逃げた卑怯者という汚名を着せられかねない。

それに何より仲間と一緒に死にたかった。置き去りにされたくはない。

だが、ほかの隊士たちの視線も、自分に集まり始めている。貞吉は後ずさりして叫んだ。

「俺は嫌だッ。皆と一緒に、ここで死ぬ」

だが儀三郎が首を横に振った。

「誰かが伝えなければならない」

貞吉はうろたえた。なぜ自分ひとりが別行動を取らなければならないのか。口調が哀願になった。

「どうか俺も一緒に、連れて行ってください。皆と一緒に、潔く死なせてください」

しっかりしなければと思うのに、もう涙声になっていた。

すると雄次が苦しげな息で言った。

「皆で死ぬのなら、一緒に死なせてやってくれ。飯沼は俺を置き去りにしたくなくて、ここまで力を貸してくれたんだ。それなのに、ひとり残すのは、あんまりだ」

八十治も賛同した。

「ここで俺たちが揃って自刃したら、誰も犬死とは思わないさ。潔く死んだと、きっとわかってくれる」

すると儀三郎は、うつむいて口を閉ざした。また砲音が響く。

その時、西川勝太郎が拳を突き上げ、高らかに言い放った。

「さあ、今こそ死に時だッ」

そして詰め襟服のボタンを、ひとつずつ外しにかかった。ほかの隊士たちも次々と上着や羽織を脱ぎ、前を開《はだ》けながら、草むらに腰を下ろした。

座ったままの雄次が、勝太郎に声をかけた。

「俺は八十治と刺し違えるが、この怪我だ。俺の力が足りなくて、八十治が苦しむようなことになったら、どうか介錯してやってくれ」

「わかった」

すると勝太郎の剣の腕を見込んで、ほかの隊士たちも次々と頼んだ。

「勝太郎、俺も死にきれなかったら、頼む」

「西川、俺もだ」

貞吉も不安になって言った。

「どうか、俺のことも、お願いします」

勝太郎は小さくうなずいた。

貞吉は湿った詰め襟服を脱いだ。下着まで濡れており、いっそう風が冷たい。だが寒い思いをしたり、空腹を我慢したりするのも、これで終わりだと思うと、むしろ安堵《あんど》の思いが湧く。

詰め襟の内側に、縫い目の粗いところがある。すぐ糸が抜けるようにと、わざと母が粗く縫ったのだ。貞吉は、それを引きちぎった。襟の中から、小さく折りたたまれた紙片が出てきた。角が湿っており、破らないように丁寧に開いた。

そこには端正な文字で、短歌が綴《つづ》られていた。息子が白虎隊の隊士として家を出る際に、はなむけとして母が詠んだ歌だ。

「梓弓むかふ矢先きはしげくとも　ひきなかへしそ武士《もののふ》の道」

貞吉は声に出して読み、ここで死ぬことを母も喜んでくれるはずだと、自分に言い聞かせた。

だが次の瞬間、目の前の白い紙片に、真っ赤な血飛沫が飛び散った。驚いて振り返ると、まさに勝太郎の大刀が、八十治の喉を掻《か》き切ったところだった。

八十治の上体が前のめりに倒れる。かたわらには、すでに雄次が倒れている。こときれているのがわかった。

勝太郎は手も刀も血だらけにして立っていた。その向こうにも、首から鮮血をほとばしらせて、ゆっくりと倒れていく隊士の姿が見えた。

一瞬、勝太郎と目が合った。荒い息で肩を上下させながら、後は任せておけとばかりに、小さくうなずいている。

凄惨な光景に、つい怯《ひる》みそうになる。だが遅れてならじと、貞吉は、もういちど母の歌を読んだ。

「梓弓むかふ矢先きはしげくとも　ひきなかへしそ武士の道」

母が背中を押してくれる気がして、気持ちが落ち着いてくる。

脇差を抜いた。銀色の刀身が現れる。いつもなら、その鋭さと迫力に、見つめるのさえためらう。だが今は自分を楽にしてくれるものに見えた。

刀身の鍔《つば》近くに、母の歌の紙片を巻きつけた。その上から右手でつかみ、左手で柄を握りしめた。目の前に、鋭い切っ先が迫る。

貞吉は固く目を閉じた。そして切っ先を力いっぱい喉に突き立てた。

とてつもない衝撃が脳天を襲う。だが骨に当たったのか、わずかしか入っていかない。

激痛をこらえて引き抜くと、切っ先だけが赤く染まっていた。このままでは死ねない。

勝太郎に介錯してもらうにしても、これでは、あまりに情けない。

近くに大きな石が見えた。貞吉は、そこまで懸命に這《は》っていき、石の上に柄頭を置いて、刀を上向きに立てた。

そして、もういちど柄と刀身をつかみ直すと、切っ先を顎の下に当てた。そして半身を前に投げ出すようにして、勢いよく倒れ込んだのだ。

さらなる激痛とともに、首の後ろに突き抜ける手応えがあった。視界が暗くなり、痛みが遠のいていく。これで死ねるのだと、心が安らぐのを感じた。

三　小雪ちらつく

重苦しい灰色の雲の下、両側に山並みが連なる谷あいに、冬枯れの田が広がる。中ほどに小川が流れ、それに沿って一本道が続いていた。

馬上の楢崎頼三が、日焼けした顔を上げてつぶやいた。

「雪でも降りそうな空模様だな」

飯沼貞吉は馬のくつわを引きながら、空を見上げた。長州の雪雲は、会津とは少し色が違って見えた。だが何も答えずに歩き続ける。

貞吉の無反応にはかまわず、頼三は勝手に話す。

「小杉村は、もうすぐだ」

小杉とは頼三の両親が暮らす村だった。

ほどなくして頼三の予想通り、灰色の空からは小雪がちらつき始めた。

「やっぱり雪か」

なおも貞吉は黙りこくっている。

江戸を出て以来、会津弁を気づかれまいと、すっかり無口になってしまった。それに頼三と話をしていると、時々、違和感や苛立《いらだ》ちを覚えるのだ。

江戸から東海道を西に向かい、箱根の関所前の温泉で、頼三は傷に効くからと、三日も逗留《とうりゅう》してくれた。おかげで膿が止まり、傷口に薄皮が張り、目に見えて傷がふさがっていった。

明朝には出発しようという夜だった。湯に浸かっていた時に、ふと気持ちが和らいで、貞吉は子供の頃の掟の話をした。

「会津では什《じゅう》の掟といって、年上の人の言うことに背いてはならないとか、外でものを食べてはいけないとか、外で女の人と言葉を交わしてはいけないとか、いろいろ決まりがあるのです」

「決まりが十《とお》あるのか」

「そうではなくて、什というのは、近所に住む子供たちが十人ほど集まって、ともに学ぶ場のことです。決まりごとは七つで、最後に、ならぬことはならぬものです、という締めくくりがあります」

頼三は湯船の端に両肘を載せ、天井を仰いで言った。

「なるほど、ならぬことはならぬ、か。京都で会津兵が強かった理由は、そこにあったのだな」

かつて京都で攘夷《じょうい》浪人が跋扈《ばっこ》し、町の治安が最悪になった頃、会津藩主は幕府に命じられて京都守護職を務めた。藩兵千人が会津から都に上り、洛中の寺に常駐して、無法な攘夷浪人を取り締まったのだ。その厳しさは語り草になった。

だが貞吉は意味が呑《の》み込めずに聞いた。

「什の掟に、強さの理由が？」

すると頼三は両肘を下ろした。

「長州に吉田松陰《しょういん》先生という学者がいた。若くして亡くなったから、僕は入門したことはなかったが、松陰先生の塾では、何でも弟子たちに考えさせ、弟子たちに決めさせた。自分たちで家も建てたそうだ」

建材は何が必要か、どうやって手に入れれば安く上がるか、どんな手順で建てれば無駄がないか。ひとつひとつ弟子たちが考え、力を合わせて一軒の家を作り上げたという。

「自分の判断で行動するから、戦いの場でも状況次第で、さっさと逃げることもある。その点、会津兵は自分で考えない。上から言われたことには無条件に従うから、勝手に逃げることもないし、兵士としては最強だ」

貞吉は褒められたのか、けなされたのか、よくわからなかった。

「貞吉、いいか。ならぬことはならぬは、兵士を育てる教育だ。ものを考えさせず、命令には絶対服従。だが、それでは兵士しか育たない。世の中を変えるのは会津人には無理だ」

「どういう意味です？」

「これから世の中は大きく変わっていく。それを牛耳るのは、松陰先生の影響を受けた長州人だと、僕は確信している」

頼三は自分のこめかみを、人差し指の先でたたいた。

「自分の頭で考えることが大事だ。自分の頭でな。ならぬものはならぬでは、人の上には立てんぞ」

貞吉は不愉快になった。幼い頃から正しいと信じてきたことを否定されるとは、思ってもみなかった。什の掟の話をしたことを悔いた。長州人などに理解できるわけがなかったのだ。

黙って湯から上がり、手ぬぐいを絞って体を拭き始めた。だが頼三は貞吉の背中に向かって、さらに容赦なく言葉を投げつけた。

「おまえは自分の頭で考えろ。人の上に立てるやつだと、僕が見込んだんだからな」

貞吉は吐き捨てるように言った。

「私は一生、一兵士で結構です」

「おまえは兵士には戻れん。会津の教えなど捨てろッ」

もう頼三にはかまわずに湯殿から出た。

翌朝、貞吉は不機嫌なまま、旅支度をした。黙って宿を出て、問屋場《といやば》に預けてあった馬に飼葉を与え、背に鞍《くら》を載せた。頼三が宿から出てきて馬にまたがると、ひと言もしゃべらずに、くつわを引いて箱根山を登った。

山頂の関所は数年前に縮小されていたが、いちおう手形改めがある。関所の門前で、頼三は馬から降りた。そして低い声で貞吉に告げた。

「今から護国寺に戻ってもいいのだぞ。会津を捨てられないのなら」

貞吉は答えに詰まった。耳の奥で、別れ際の父の声がよみがえる。

「おまえには故郷も、帰る家も、もうないのだぞ」

帰りたい。できることなら、今すぐ会津城下の屋敷に。でも家屋は焼かれ、受け入れてくれる家族も仲間も、そこにはいない。

つい泣きそうになる。だが、こんな男の前で泣いてたまるかと、懸命に涙をこらえた。

父の怒鳴り声も聞こえる。

「行けッ、早く行くんだッ」

あの時、悟ったのだ。自分は前を向いて進んでいくしかないと。

貞吉は息を大きく吸ってから、はっきりと言った。

「行きます。長州へ」

頼三はうなずいた。

「貞吉、僕を利用しろ。僕を乗り越えて、どん底から這い上がるんだ。いいな」

それから、ふたりで馬を引いて関所を越えた。

以来、頼三は東海道の要所要所で、いろいろなことを教えてくれたが、貞吉は壁を作った。安易に気を許してはならないと自戒したのだ。

京都では尊皇攘夷の意味を教えられた。

「尊皇攘夷とは、単に異人を追い払うことではない。帝《みかど》を中心にして日本人が結束し、外国の侵略を防ぐことだ」

今までは軍備は、幕府と諸藩で別々だった。幕府陸軍や薩摩海軍など、それぞれが組織を持っていた。しかし、これを一本化し、日本陸軍と日本海軍として再出発しなければならない。そうして外敵に備えるのが、本当の尊皇攘夷だという。

「幕府と諸藩が、別々に軍を持っていると、主義主張で対立することがある。戊辰戦争が、いい例だ。こんな内乱は二度と起こしてはならない」

貞吉は思わず反論した。

「内乱を仕掛けてきたのは、長州ではありませんか。会津では恭順を申し出たはずです」

「いや、会津は幕府の存続に、こだわりすぎた」

「徳川将軍家に背いてはならないというのが、藩祖以来の教えです」

「また絶対服従か」

頼三は呆《あき》れ顔で言った。

「幕府の体制は末期だった。解体しなければ、新しい時代は来ない」

貞吉は言い返したことを、また悔いた。

その後、大坂で大きな港を見て、胸が高鳴った。海のない町で育った貞吉には、行き交う洋式軍艦や帆掛船が、珍しくてたまらなかった。

頼三は長州藩御用の帆掛け船に、愛馬も乗せて西に向かった。そして神戸沖を通過する際に、港に錨《いかり》を下ろす外国船を指差した。

「あれがイギリスの軍艦で、その向こうがフランスの船だ」

そして、また癇《かん》に障ることを言った。

「会津には海がなかったことが不運だったな。外国船を見ることがないし、外国からの脅威も実感できまい」

貞吉は性懲りもなく言い返した。

「五十年も前から異国船騒ぎが起きるたびに、会津藩は江戸湾の海防に出ていました。三浦半島や上総《かずさ》の半島に兵を出し、その力が認められて、京都のお役目を賜ったのです」

「そうか。それは知らなかったな」

頼三は船べりに寄りかかって言った。

「外国を意識していた割には、旧式な武器を使っていたものだな」

また貞吉は答えに詰まった。言い返せないのが悔しくてたまらない。

だが頼三は意外なことを言い出した。

「実はな、長州も会津と似たり寄ったりの時期があったのだ。自分たちの武器の古さに気づかず、精神論だけで勝てると思い込んで、こてんぱんに負けたことがある」

長州が負けたとは、少し嬉しくなって聞いた。

「誰に負けたのですか」

「イギリス、フランス、オランダ、ロシアの四カ国だ。その一年前、長州藩は攘夷決行するのだと息巻いて、下関の海峡を通過する外国船を、砲台場から無差別に砲撃した」

その砲撃には頼三も出陣したという。

「軍艦ではなく商船に、それも警告もなしに撃ちかけるのだから、向こうは大慌てだ。あわてて逃げるさまに、こちらは大喝采だった」

しかし一年後、四カ国の軍艦が艦隊を組んで、反撃に来たのだという。

「その時も僕は出陣したのだが、西洋の武器の威力を、嫌というほど思い知らされた。要するに負けて学んだのだ」

以来、長州藩は密《ひそ》かに最新鋭の輸入武器を手に入れた。その後、幕府が諸藩を従えて、国元にまで攻めてきたこともあったが、大軍相手に勝利を収めたという。

貞吉は嫌味で切り返した。

「また説教ですか」

「そうだ。おまえも失敗から学べ」

戊辰戦争では、頼三は各地を転戦し、最後に捕虜の取扱責任者を務めたという。会津藩士たちの護送は小倉藩に任せ、頼三自身が護送したのは、旧幕臣や譜代藩の藩士で、自主的に会津に味方した者たちだった。

そんな話をしているうちに、貞吉たちを乗せた帆掛け船は瀬戸内海を西に進み、三田《みた》尻《じり》という港で錨を下ろした。

もうそこは長州藩内であり、艀船《はしけぶね》から上陸する際には足がすくんだ。周囲すべてが敵国人だ。以来、貞吉は会津訛《なまり》が発覚するのを恐れて、人前ではしゃべらなくなった。話しかけられると、言葉が出ない風を装った。

三田尻からは頼三の馬のくつわを引いて、萩往還という街道を北に向かった。長州藩の城は萩にあるが、京都に出るのに不便なため、瀬戸内海に近い山口に藩の役所を移していた。

頼三は山口の宿屋に貞吉を残して、役所まで帰国報告に出向いた。

ひとりになると、たまらない不安を覚えた。それまで頼三には反感を覚えるばかりだったが、いかに自分が頼っているかに気づいた。

ほどなくして頼三は満面の笑みで、宿屋に戻ってきた。

「無事に役目をまっとうしたので、褒美をもらった。正月明けまで、小杉村の家でゆっくりできるぞ」

ふところも暖かくなり、山口の町で、豪勢な鍋料理を食べさせてくれた。

貞吉には初めての魚だったが、あまりに美味で、あっという間に平らげた。だが食べ終わってから、頼三が言った。

「今、食った魚、ふぐだぞ」

「ふぐって、あの毒のある?」

たちまち顔がこわばる。それを見て、頼三は膝をたたいて大笑いし、からかわれた貞吉は、いよいよ腹が立った。

山口からは西方向の山道に入り、峠を越えると十字路に出た。

「ここから南に向かうと宇部、まっすぐ西に進むと下関、北に行けば萩。松野礀《はざま》の実家は、ここから萩に向かう途中だ」

頼三が礀と知り合ったのは、萩城下にある明倫館《めいりんかん》という藩校に通っていた頃だったという。礀は萩に出て来て、好生堂《こうせいどう》という藩の医学校で学んでいた。ちょうど頼三の父親が小杉村に赴任しており、礀の実家と近いとわかって親しくなった。

「磵は医術の修業を終えると、田舎に帰った。だが、まもなく、やつの家の目と鼻の先で、大田絵堂《おおだえどう》の戦いという藩の内乱が起きたのだ」

高杉晋作《しんさく》が奇兵隊を率いて下関から萩に向かい、藩の正規軍と戦って勝利したのだった。高杉は吉田松陰の弟子であり、その勝利をきっかけに、若くして没した師に成り代わって、理想を実現していった。

「大田絵堂の戦いは、広く知られてはいないが、あれを機に長州藩は積極策に出て、時代を大きく転換させたのだ」

磵は大転換期を目の当たりにして、居ても立ってもいられなくなり、大坂に出て蘭医に入門したという。その後、幕府が崩壊すると、帝が江戸に向かうことになり、伊東方成というオランダ帰りの医者が、侍医として同行すると耳にした。

磵は何がなんでも伊東に入門したいと、周囲の反対を押し切って江戸に出た。大坂行きは藩の許可を得ていたが、今度は勝手な行動であり、これが脱藩扱いになってしまった。

ところが江戸に行ってみると、実は伊東方成は、まだオランダから帰国していなかった。もはや磵は帰るに帰れず、江戸で細々と開業しながら、今も伊東の帰国を待っているという。だが帰国したとしても、入門できる保証はない。

「そんな時に、おまえの治療を頼んだんだ。そうしたら、あいつが言い出した。おまえを長州に連れて行ってやれと」

　磵は故郷に帰れない貞吉を、先の見えない自分に重ねているのだという。

「磵の思いも汲《く》んで、頑張ってみろよ」

　貞吉には磵の期待が重く、何も答えられなかった。


　十字路から下関方面に向かい、途中で田舎道へと外れて、さらに西に進むと、小雪がちらつき始めたのだ。

「そろそろ小杉村だ」

　頼三の示す先には、冬枯れの田園の中に、茅葺《かやぶ》き屋根の農家が点在していた。緊張が高まり、また足がすくみそうになる。

　なんとか村に入ったところで、ふたたび頼三が言った。

「その左の坂を登ったところが家だ」

　とうとう足が動かなくなった。

　頼三の家に着いたら、正体を明かさなければならない。頼三の両親は受け入れてくれるだろうか。敵だった会津人など、けんもほろろに追い返されるのではないか。それどころか、なぶり殺しの目にあうかもしれなかった。

　不安で立ち止まっていると、頼三は、ひょいと馬から降りた。

「坂が急だから歩こう」

そのまま手綱を引いて歩き出した。貞吉は馬の鼻に押されるようにして、急坂を登った。

坂に沿って数軒の茅葺き屋根が並んでおり、さらに奥まった一角に、頼三の両親の住まいがあった。

「以前、父が萩から、この村に赴任したのだが、土地柄が気に入ったので、隠居所を建てたのだ」

楢崎家は藩の馬廻役《うままわりやく》で、九十石そこそこの家禄《かろく》だという。

「四百五十石取りの貞吉の家と比べたら微禄だが、僕が出世して、これからは楽をさせるつもりだ」

馬を引いて敷地に入ると、白髪交じりの小さな髷《まげ》を結った婦人が、玄関の引き戸を開けた。いななきで気づいたらしい。

「母上、ただいま帰りました」

頼三が声をかけると、婦人は目を見張った。

「頼三かい。本当に頼三なのですね」

玄関から飛び出して、こぼれんばかりの笑顔で息子に駆け寄る。

「母のトミだ」

頼三は貞吉を紹介した。

「これは飯沼貞吉といって、僕の客人です」

トミは、いっそう嬉しそうに言う。

「あらまあ、お客さままで。賑《にぎ》やかになって嬉しいこと。で、いつまで居られるの？」

「正月明けまでは」

トミは両手を打った。

「それじゃあ、いいお正月を迎えられますね。合戦が終わったとは聞いたけれど、あなたが無事かどうか、心配で心配で」

そして家の中を振り返って言った。

「今、足すすぎを持ってきますね。玄関で待っていてくださいな」

トミが家の中に戻るなり、貞吉は馬を軒下に入れて鞍を外し始めた。頼三が手を貸して言う。

「どうだ、悪くない母親だろう」

貞吉は素直にうなずいた。

玄関から入ると、もう足すすぎの桶《おけ》が、沓脱石《くつぬぎいし》の上に載っていた。かたわらには真新しい手ぬぐいが二枚、用意されている。

ふたり揃って上《あ》がり框《かまち》に腰かけ、草鞋の紐《ひも》をほどいて、足袋を脱いだ。頼三がズボンの裾をめくりあげ、貞吉は野良袴の裾を持ち上げて、足首まで桶の中に浸した。

白虎隊当時に着ていた黒羅紗の詰め襟服は、助けられて気づいた時には、垢《あか》じみた野良着に変わっていた。目立たぬようにとの、ハツの配慮でもあったが、詰め襟服は医者に診てもらった時の薬代に変わったと、後になって聞いた。以来、そのままの格好だ。

桶の中はぬるま湯で、冷え切った足に心地よかった。だが貞吉は急に哀しくなった。泣くまいと思っても、つい涙が込み上げる。

頼三が気づいて不思議そうに聞く。

「どうした？」

貞吉は拳で涙をぬぐった。黙っていると、涙のわけを勘ぐられそうで、正直に話した。

「これが」

だが、また涙が込み上げる。

「これが、勝者の凱旋《がいせん》かと思うと」

もういちど涙をぬぐった。

「私も母を、あんな風に喜ばせたかった」

すると頼三が顔をそむけた。

気を悪くさせたかと思ったが、頼三は立ち上がりざまに、真新しい手ぬぐいを手に取ると、一瞬、目元をぬぐった。驚いたことに、泣いていたのだ。

その時、トミが奥から現れた。

「さあさあ、父上が、さっきから首を長くして、お待ちですよ」

頼三は、すぐに笑顔になって足を拭き、奥に向かった。貞吉も後を追う。

奥座敷では、父親の楢崎豊資《とよすけ》が、床の間を背にして座っていた。やはり髷は白髪交じりで、いかめしい風貌だった。

頼三が豊資と対座し、トミはかたわらに、貞吉は襖《ふすま》近くの下座に座った。

「父上、ただいま戻りました」

息子の挨拶に、豊資が深くうなずく。頼三は転戦の報告をしてから、改めて貞吉を紹介した。

「これは飯沼貞吉と申す者です」

貞吉は両手を前について、深々と頭を下げ、はっきりと挨拶した。

「このたびは、お邪魔させていただきます」

豊資は、いかめしい表情を和らげた。

「これは、よく来てくれた。家内も喜んでいる」

頼三は貞吉の素性を打ち明けた。

「実は貞吉は、会津の者なのです」

夫婦は明らかに驚いた様子だった。貞吉の緊張が高まる。

頼三はかまわずに、白虎隊の顚末《てんまつ》から、護国寺での袋だたきの件まで、包み隠さずに話した。

「僕は正月明けには、また江戸か山口に出ることになります。それで、会津藩の謹慎が解けるまで、ここで貞吉をかくまっていただきたいのです」

貞吉は返事が怖くてうつむいた。承知してもらえるはずがなかった。なぜ、こんなところまで来てしまったかと悔いた。

だが豊資の返事は意外なものだった。

「頼三、よきことをしたな。快く迎えよう」

貞吉が驚いて顔を上げると、豊資は穏やかに微笑《ほほえ》んでいた。

「さぞ苦労したのだろう。頼三の客人だ。こんな田舎でよければ、書物でも読んで、一年でも二年でも居るがいい」

貞吉は深い安堵を覚え、もういちど深々と頭を下げた。

「ありがとうございます。下男として置いていただければ幸いです」

するとトミが明るい声で言った。

「まあ、礼儀正しいこと。いっそ、養子にしたいところですよ。頼三とは大違い」

頼三が苦笑いし、豊資も笑い出す。

「ただし藩に見つかると、少し厄介なので、くれぐれも内密に」

頼三が口止めすると、夫婦ふたりとも、けっして口外はしないと約束した。

その夜、風呂からあがると、糊《のり》の利いた浴衣《ゆかた》が用意してあり、そのほかにトミが小袖と袴を差し出した。

「頼三は、もう洋服しか着ないと言うので、こんな着物が何枚も残っているんですよ。よかったら、ちょっと着てみてくださいな」

貞吉は遠慮がちに袖を通した。トミが髷を結い直してくれて、立ち上がると、豊資が目を丸くした。

「これは見違えたな」

頼三も呆気《あっけ》にとられ、すぐに冗談めかして言う。

「まるで大身の若さまだな。こんな田舎にいたら目立ってしょうがない。さっきの野良着を着せておいた方が、いいんじゃないか」

四人で腹を抱えて笑い、貞吉は、ようやく居場所を見つけた思いがした。

翌日、豊資は、日新館での学問の進み具合をたずね、それに合わせて、自分の書棚から本を選んで勧めてくれた。

「わからないことがあったら、遠慮なく聞くがいい。私でわかることなら、何でも教える」

貞吉は下男のつもりで、薪割りや力仕事に精を出した。年末の障子の張替えや大掃除が始まると、率先して手伝った。近所の娘たちも手伝いに来たので、遠慮して奥に引っ込むと、トミが誘いに来た。

「よかったら、煤払《すすはら》いを手伝ってくださいな」

いくら下男のつもりといっても、嫁入り前の娘たちと一緒に煤払いをするなど、会津では考えられなかった。

餅つきは、近隣の男女総出の大仕事で、ついた餅は皆で分け合った。それが思いがけないほど楽しかった。

長い間、人前では口を利かなかったが、短い言葉なら長州弁を真似て、次第に返事ができるようになった。

首の傷は、すっかり癒えていたが、傷跡を隠すために、相変わらず手ぬぐいを首に巻いている。時おり、そこに人の視線が注がれているような気がして、その点だけは不安が消せなかった。

慶応四年は会津開城の少し前に、明治元年と改元され、年が明けると明治二年となった。貞吉は十六歳の春を迎えた。

元日から毎日、大勢の村人たちが、頼三の凱旋祝と年始まわりを兼ねて集まった。襖を取り払って広間にした座敷で、皆、上機嫌で酒を酌み交わす。

貞吉は大勢の中に入るのが、まだ少し抵抗があり、土間の台所に引っ込んで、酒の燗《かん》の番をした。トミはしきりに恐縮したが、貞吉は伏し目がちに答えた。

「いいんです。ここの方が」

トミも手伝いの娘たちも、料理や徳利《とつくり》を運ぶために、座敷と土間を何度も往復している。

貞吉がひとりになった時だった。酔った客が台所まで出てきて、板の間から土間を見下ろして言った。

「おまえは戦争に負けて、頼三さんに拾ってもらったんだってな。でも、まあいいさ。気にするな。こっちに来て、一緒に呑め」

貞吉は激しい衝撃を受けた。なぜ知っているのかと驚いて、男の顔を見つめた。すると男は、ろれつのまわらない舌で言った。

「おまえが負けて逃げてきたことは、皆、知ってるぞ。隠したって、わかるんだからな。とにかく、いいから、こっちに来い」

男が土間に降り、腕を引っ張る。

貞吉は総毛立った。護国寺で袋だたきにあった時のことがよみがえる。このまま座敷に引きずり出されて、なぶりものにされそうな気がした。

その時、トミが戻ってきて、慌てて土間に降りた。

「こんなところで、何をしているんですか」

「何って、こいつを誘いに来たんだ」

「いいんですよ。かまわないでくださいな」

そして男をなだめつつ、座敷に連れていった。

だが貞吉は裏切られた気がした。男が口にしたことは、豊資とトミしか知らないはずだ。あれほど口外しないと約束したのに、すでに村中に知れ渡っているとは。

改めて哀しみが込み上げる。自分には故郷も、帰る家もない。ここが最後の居場所だと信じたのに、それも思い違いだった。もう行く宛は、どこにもない。

不安の末に、笑顔で迎えてもらえて嬉しかっただけに、突き落とされた衝撃は、目がくらむほど大きかった。

手伝いの娘が戻ってきたので、何事もなかったかのように装って言った。

「お燗、頼めるかな」

「はい、いいですよ」

娘は袖をたすきがけにしながら、気軽に答えた。

貞吉は、ひとりで裏手に出て、倉に向かった。ここに来るまで身につけていた野良着が、しまってある。トミがきれいに洗って、長持に入れてくれていた。

鉄扉を押して中に入ると、野良着を長持から取り出し、着ている小袖と袴を脱いで、手早く着替えた。

脱いだものをきちんと畳んで長持の上に載せると、丈夫そうな細帯を取り出して、誰に言うともなく頭を下げた。

「これを、いただいてまいります」

そして足早に倉から外に出た。

家の裏手には山が迫る。貞吉は下草をつかんで、道のない斜面をよじ登った。できるだけ家から離れたかった。

今頃、座敷では、自分のことを笑い者にしているような気がした。長州人などを信じた自分が、愚かだったと思う。

息を切らせて斜面を登り、一本の松の大木に目を留めた。自分の背よりも高いところで太く枝分かれしている。体重をかけても折れそうにはない。

持ってきた細帯を口にくわえて、両腕で太い幹に取りついた。子供の頃から木登りは得意だ。松のごつごつとした表皮に、足の爪先をかけ、目指す枝まで登りきった。

枝分かれの根元にまたがり、細帯を枝にかけまわして、二重の輪を作り、しっかりと端を結んだ。けっして解けないように確かめてから、北の空を仰ぎ見た。

こんなところで死んだことを、父や母が知ったら、どれほど嘆くことか。それがわかっていながら、これ以上、生きていく自信がなかった。生きていく価値も、もう見出《みいだ》せない。

本当は頼三のように出世して、両親に楽をさせたかった。だが、そんなことは、とうてい無理だった。自分は意気地なしだと、とことん情けなかった。

貞吉は地面を見下ろした。ここからぶら下がっても、まず地面に足は届かない。それを見極めてから、両手で枝を握りしめて、ひらりと飛び降りた。

両腕が伸び切って、体が宙吊《ちゅうづ》りになる。案の定、足はつかない。

片手を枝から放して、細帯の輪を、顎先まで手繰り寄せた。飯盛山での自刃を思い出す。あの時の脇差の切っ先が、細帯の輪と重なって見えた。

「今度こそッ」

貞吉は思い切って輪に首を通した。しっかりと顎の下に細帯を当て、息を整えてから、勢いをつけて両手を放した。

とたんに細帯が顎の下に食い込む。とてつもなく苦しいが、もう外すことはできない。苦し紛れに手足をばたつかせても、どこにも届かない。

次第に苦痛が遠のいていく。

目を閉じると、貞吉は、あの洞門の中にいた。真っ暗闇のはずなのに、遠くに白虎隊の仲間たちの背中が見えた。

「待ってくれッ。俺も行くッ」

必死に追いかけるが、水が逆流していて前に進めない。

「待て。置いていかないでくれッ」

だが誰ひとり振り返らない。

「なぜ待ってくれないッ」

叫び続けるうちに、なんとか足が進み始め、しだいに仲間たちの背中が近づいてきた。

洞門の出口の明かりも見えてくる。

あと少しで最後尾の背中に手が届く。誰かの羅紗の上着の裾を、今にもつかめると思った瞬間だった。

貞吉は背中に激しい衝撃を受け、水の中に前のめりに倒れた。

それきり仲間たちの姿は消え、暗闇の中で、自分を呼ぶ声が聞こえた。

「貞吉、貞吉」

それが、しだいに近づいてくる。

「貞吉ッ、しっかりしろッ」

誰かが頰をたたいている。けだるい思いで、うっすらとまぶたを開けると、目の前に頼三の顔があった。

「気がついたかッ」

いつの間にか自分は洞門の中ではなく、松の大木の根元に横たわっていた。頼三が脇差で細帯を切って落としたのだ。

　意識がはっきりしてくるにつれ、居たたまれない思いが襲い来る。あと、ほんの少しで、仲間の背中に手が届くところだったのに。また生き残ってしまったとは。

　かろうじて、かすれ声が出た。

「なぜ、死なせて、くれない」

　頼三が食ってかかる。

「馬鹿野郎、死なせるものか。おまえは生きるんだ。生きて、ひどいことをした会津のやつらを、見返してやれッ」

　貞吉は力なく首を横に振った。

「会津は、何も、ひどいことなど」

「なぜ、かばう？　護国寺での仕打ちを忘れたのかッ」

「あれは、会津人では、ない」

「もういいッ」

　頼三は大声で怒鳴りつけると、一転、声を落とした。

「貞吉、いいか、よく聞け。うちの両親は、誰にも何も話していない。手伝いの娘たちが勝手に想像したことを、あの男が耳にしたんだ。村の者たちには、もう詮索するな、もう何もしゃべるなと脅しつけておいた。だから、おまえは、ここに居ればいいんだ。

いや、どうか、ここに居てくれ」

頼三は号泣していた。

いつの間にか、かたわらにトミが来ていた。やはり涙ながらに言う。

「あなたが来てくれて、私たちは喜んでいるのですよ。どうか妙な考えは捨てておくれ。私たちのためにも」

トミの後ろには、豊資の憂い顔も見える。貞吉はとぎれとぎれながらも、言葉を継いだ。

「申しわけ、ありません。正月早々、こんな、騒ぎを」

豊資は首を横に振った。

「気にするな。それよりも私たちが悪かった。気づいてやれなくて」

だが貞吉の心は申しわけなさと、またもや死に切れなかったという悔いで、一杯だった。

四　傷跡

正月に騒ぎを起こした後は、しばらくは誰とも顔を合わせたくなくて、倉の中で寝起きした。書物を読むばかりで、食事はトミが運んでくれた。

少し暖かくなった頃、下男が川から水を汲んでくるのを見た。高台のため井戸がなく、重い水桶を運んで、毎朝、台所の水瓶《みずがめ》を満たすのだ。

それを見ているうちに、無駄飯を食っているのが申しわけなくなった。この家に来た当初は、下男のつもりで置いて欲しいと言ったのに、倉の中に閉じこもっているなど、こんな恥ずべきことはない。

ようやく倉から出て、座敷で豊資とトミに向かって頭を下げた。

「やはり下男の仕事を、させていただけませんか」

トミは慌てて答えた。

「とんでもない。あなたは書物でも読んでいれば、いいのですよ」

だが豊資が妻を制した。

「いや、やってみるがいい」

そして下男に暇《いとま》を出した。

翌朝、東の稜線《りょうせん》が、うっすらと明るくなり始める頃、貞吉は空の水桶を担いで、家の前の急坂を下った。誰かに会わないか気がかりだったが、早起きの村人たちも、まだ眠っているらしい。

薄闇の中、村の一本道を横切り、清流沿いに出る。石組みの足場を下って、藁草履《わらぞうり》を脱ぎ、川に入って水桶を一杯にした。

水の冷たさに、洞門をくぐった時のことを思い出す。なぜ自分ひとりが生き残ったのか、そして、こんなところに居ていいのかという思いが、なおも貞吉を苦しめた。

だが今は水汲みだと割り切り、ずっしりと重くなった桶を持ち上げて、一歩一歩、踏みしめながら家に戻った。

何日か続けているうちに、ひとりの老婆と出会った。貞吉が水桶を一杯にして、足場を上がろうとしたところに、小さな桶を抱えて来たのだ。

貞吉は一瞬、警戒したが、老婆は曲がった腰を、さらに深く曲げて言った。

「おはようございます」

「おはようございます」

反射的に挨拶を返すと、老婆が足場を下ろうとする。貞吉は手を差し出した。

「水、汲みましょうか」

「そうかい？　悪いねえ」

老婆は遠慮がちに水桶を手渡した。一杯にして返しかけて、思い直した。

「途中まで運びましょう」

小さな水桶でも、老いた身には重い。

「いいよ、いいよ、そんなことまでしてもらったら、悪いよ」

老婆は貞吉から桶を受け取って、歯のない口で笑った。

「水を汲んでくれただけで、ありがたいよ。横着して足場の上から汲もうとすると、ときどき川に落っこちるんでね」

その言い方がおかしくて、貞吉も笑った。笑うなど、久しぶりな気がした。

それからも時々、水汲み場で出会った。いつしか水桶を途中まで持ってやるようになり、ひとり暮らしと聞いて、家の中まで運んでやった。

「おばあさん、ずっと、ひとりなんですか」

貞吉が聞くと、老婆は首を横に振った。

「じいさんは、とっくに死んで、ひとり息子がいたんだけど、家を出てったんだよ」

「帰ってこないんですか」

「遠くで死んだんだ。歳《とし》がいってからできた子だったから、可愛くてね。甘やかして育てたもんだから、言うことを聞かなくて。生きてたら、あんたより少し年上だね」

貞吉は気の毒に思いつつ、見た目よりも、だいぶ若いのかもしれないと思った。

「おばあさん、いや、おばさん、名前、なんていうんですか」

「ヨネだよ」

ヨネは、また歯のない口で笑う。

「まあ、足腰が達者なうちは、ひとりで暮らそうと思ってるんだ。村の衆には、よくしてもらってるし、あんたみたいに親切な人もいるしね」

それからは毎朝、川まで二往復して、ヨネの家の水瓶も一杯にした。

梅雨時になると、ヨネが田植えに出ると聞いて驚いた。

「かがんで苗を植えるんですか」

「まあ若くはないから、苗束を配ったり、昼飯の手伝いをするくらいだけど。あんたも出てくるかい」

貞吉はうろたえた。ヨネは正月の自殺騒ぎを知らないらしい。

田植えが始まると、高台の楢崎家からは、村人たちが総出で下流の田から植え始めるのが見えた。雨の中でも蓑笠《みのかさ》をつけて、せっせと働く。

またもや貞吉は豊資とトミに頭を下げた。

「田植えの手伝いに、行ってもいいですか」

トミは下男になると言った時よりも驚いた。

「とんでもない。あなたは侍の子なのだから、そんなことはしてはいけません。うちの暮らしは頼三のお役料で間に合っているし、村の厄介になっているわけではないのですよ」

だが今度も豊資がうなずいた。

「手伝ってくるがいい。今は何事も経験だ」

雨の中、蓑笠をつけて坂を降り、働いている村人たちの方に、思い切って近づいた。そして苗束を配っていたヨネを探し出して、手を差し出した。

「手伝わせてください」

ヨネは笑顔になって、苗束をひとつ差し出した。

「そこの端に、皆と並んで、まっすぐに植えていきな」

貞吉は見知らぬ村人の列に並び、見よう見真似で腰をかがめ、泥の中に苗の根を、二、三本ずつ突っ込んでいった。

蓑笠のおかげで顔が見えないのが、ありがたかった。村人たちは貞吉とわかっているはずだが、作業に没頭しているのか、あえて声をかけないのか、無視してもらえるのが気が楽だった。

夕方前に作業が終わると、誰とも口を利かず、真っ先に田を離れた。翌日も、ふらりと出ていっては、黙って手伝った。

連日の雨の中、谷あいの田がすべて緑に変わると、また貞吉は家にこもって読書に没頭し、朝の水汲みだけが外に出る機会になった。

梅雨が明けると、稲の間に雑草が目立ち始めた。貞吉は水汲みのついでに、近くの田で目立つ草を抜いた。すると村人たちと行き交うことが増え、しだいに挨拶を交わすようになった。

そんな頃、貞吉は山里の美しさに気づいた。

家のある高台の崖際に立つと、眼下に薄茶色の茅葺き屋根が折り重なるように連なり、その先には緑の田園が、明るい日差しを浴びて風にそよぐ。さらに先には、緩やかな傾斜の山々が連なる。

裏山の斜面を見上げれば、竹林は空気まで薄緑に染まるかのようで、雑木林には木漏れ日が軽やかに動く。足元には可憐《かれん》な野花が、次々と咲く。

会津にいた頃は、里山の価値など少しも顧みなかった。お城の石垣や白塀の続く街角や、二階建ての町家の連なりこそが、美しく誇り高いものだった。

京都や江戸にも憧れた。早く大人になって、江戸詰めや京都守護の役について、都会に出てみたかった。

だが山里には別の世界があった。穏やかな景色や、ゆっくりと流れる時間が、貞吉の傷ついた心を、少しずつ癒やしてくれた。

なぜ正月に自殺騒ぎなど起こしたのかと、改めて恥ずかしくなる。あの男の言ったことは、あながち間違いではない。確かに自分は、戦争に負けて頼三に拾ってもらい、ここに潜んでいることを、ひたすら隠していた。あの時は、からかわれたように感じたが、あの男に悪気があったわけではないのだ。

緑の田園が黄金色に変わり、稲穂が重そうに頭《こうべ》を垂れる頃、貞吉は、今度は稲刈りの手伝いに出ようと決めた。田植えの時のように、雨の中の蓑笠姿ではない。まだ人の目は怖いが、それを乗り越えようと決意したのだ。

実際に作業が始まってみると、村人たちは難なく受け入れ、貞吉に鎌の使い方から、稲の束ね方、藁の干し方まで教えてくれた。

そして、いつしか「貞さあ」と呼ばれるようになった。貞吉は、この山里で一生、小作として暮らしても、悪くないような気がした。

だが稲刈りの後ほどなくして、白虎隊の仲間たちの最初の命日が巡りきた。山に栗の実が生るのを見れば、洞門くぐりを思い出す。西川勝太郎が栗の毬を踏み、その後で渋い栗を食べたのだ。

空腹で苦しい行軍だったが、あの時だけは皆で笑った。今の貞吉にとっては、死を前にして仲間たちと過ごした、かけがえのない記憶だ。柿の話をしたことも思い出す。

貞吉は、この村で秋を迎えて、世の中には枝で甘く熟す柿があることを、初めて知った。形も、ほっそりと小さく、先がとがっている。

会津の柿は横広がりで、ずっしりと重量感がある。大人たちは身知らず柿と呼んでいた。実の重さで枝が折れるほど、たわわに生るという意味だ。しかし当時は、ほかの柿を見たことがなかったから、実感できなかった。

栗を見ても柿を見ても、死んだ仲間を思い出し、また心が揺れる。自分が生きていることが申しわけない。まして、こんなところで小作として、のんびり暮らすなど、やはり許されるはずがない気がした。

小杉村に来て二度目の年末が巡りきた。豊資は今度の正月は客を呼ばず、トミと貞吉の三人だけで静かに祝うという。

貞吉は申しわけない気もしたが、とにかく新年を迎える準備にかかった。年が押し詰まり、冷え切った倉の中で、煤払いの長箒《ながぼうき》を探していた。

すると開け放った鉄扉の向こうから、馬のいななきが聞こえた。こんなところまで来るのは、頼三の馬に違いなかった。すぐさま貞吉は倉から飛び出した。

案の定、頼三が馬の手綱を引いて、ちょうど家の敷地に入ってくるところだった。貞吉に気づくなり、すぐに笑顔になる。

「おお、ずいぶん背が伸びたな」

貞吉が駆け寄ると、頭から足の先まで、まじまじと見て聞いた。

「今度、いくつになる？」

「年が明けたら、十七です」

「十七か。少しは男らしくなったな」

背中を軽くたたかれた。あれほど反発した相手なのに、ほぼ一年ぶりの再会には、不思議なほど心が弾んだ。

「貞吉、いい土産話がある。中で話そう」

その時、トミが気づいて、家の中から出てきた。去年と同じく、足すすぎの湯だ、手ぬぐいだと騒ぎになる。

頼三は座敷で豊資に帰宅の挨拶をした。ここのところ山口で洋式陸軍の組織づくりに励み、時には東京へも出張しているという。

「もう江戸という地名ではなく、東京という呼び方が馴染み始めています」

そして貞吉に向き直って言った。

「さっきの土産話だが、このたび会津藩の謹慎が解けることになった」

貞吉は思わず身を乗り出した。

「本当ですかッ」

「ああ、年が明けたら、正式に通達が出るはずだ」

「では皆、会津に帰れるのですか」

「いや、それは無理だ」

「ならば、もしかして蝦夷地《えぞち》にでも？」

会津開城の後でも、旧幕臣や譜代藩の藩士などで、なおも降伏に応じない者たちが、大勢いた。

そんな中、榎本武揚《えのもとたけあき》というオランダ帰りの海軍士官が、旧幕府の艦隊を率いて、仙台の港に乗りつけた。降伏に応じない者たちは、こぞって会津から仙台に移り、この軍艦に乗り込んで、蝦夷地を目指した。

そして北の地に上陸するなり、たちまち箱館《はこだて》の町を制圧した。箱館には五稜郭《ごりょうかく》という洋式城郭があり、そこを拠点として蝦夷地開拓を目指したのだ。

だが新政府は開拓を許さず、彼らを反乱軍とみなし、今年の雪解けを待って蝦夷地に出兵した。

榎本らは、結局、新政府軍の猛攻に耐えられず、今年五月に降伏した。

この箱館戦争の結末は、頼三から手紙で知らされた。その時、豊資は手紙を畳みながら、心配そうに貞吉に言った。

「蝦夷地の開拓が、会津藩に命じられなければいいのだが」

蝦夷地は大半がアイヌの人々の土地だが、ロシアやフランスによる侵略が案じられていた。そのため移住者を送り込んで、早急に守りを固める必要があるという。それが会津藩に振り分けられはしまいかと、豊資も貞吉も案じた。極寒の地に移住となれば、そうとう厳しい状況を覚悟せねばならない。

しかし貞吉の問いに、頼三は首を横に振った。

「いや、会津藩は蝦夷地の開拓は免れた。そのかわり、猪苗代か、奥州最北端の下北《しもきた》の地か、どちらかを選ぶように新政府から迫られた」

猪苗代で用意された土地は、藩士を養うにはあまりに狭く、会津藩は下北半島を選んで斗南《となみ》藩と称したという。

「すでに先月、会津の者たちは江戸の謹慎所を出て、斗南に移っていった。それにしても政府も、もう少し温情のある処置でも、よさそうに思うのだが」

頼三は太い眉を寄せてつぶやいた。

「斗南は海峡を隔てて、すぐに蝦夷地だ。よりによって厳しい冬を迎える時に、行かせなくてもいいものを。まして会津藩は一年もの謹慎で、かなりの金を使い果たしているし、これから藩士たちに食い扶持《ぶち》が手当できるかどうか」

貞吉としては、移住先が蝦夷地でなかったことで、ひと安心したものの、それに近い場所となると、これまた気がかりだった。

「まあ、藩のことは藩のこととしてだ」

頼三は、ひとつ息をついて続けた。

「貞吉、おまえのこれからの身の振り方を、まず決めなければならない」

とたんに貞吉は緊張した。

かつて頼三は貞吉の父に言った。

「ご子息を、しばらく預からせてもらえないか。とりあえずは、会津藩の謹慎が解けるまでだ」

その時期が、とうとう来たのだ。これで、もう隠れずにすむ。どこにでも行かれる。待ちかねていたはずだったのに、無条件に喜びが湧き立つわけではない。

それどころか恐れが先に立つ。せっかく心を癒やしてくれた村から出ていくことに不安がある。見知らぬ人々や、新しい環境が怖かった。

今さら家族のもとに戻れるはずもない。もう故郷も帰る家もないと、父に宣告されたのだから。

頼三は貞吉の表情を読み取った。

「嬉しくないのか」

貞吉は落ち着かない思いで、何度も瞬《まばた》きしながら答えた。

「いえ、藩の謹慎が解かれて、嬉しく思います」

そして取ってつけたように言った。

「これから私が隠れずにすむのも、もちろん嬉しいです」

するとと頼三は急に話題を変えた。

「なあ、貞吉、この山里にいると、わからんだろうが、世の中は変わっている。たとえば陸軍の軍制も、近いうちに大きく改められる」

海軍は箱館戦争を戦う前に、諸藩の海軍が新政府海軍として、すでに一本化されたという。

「諸藩の陸軍も、この一、二年のうちには、薩長土の各陸軍を手始めに、帝の御親兵として、ひとつの組織にまとまる。その時は僕も御親兵を束ねる役につきたい。だが今後、人の上に立つには新しい知識が必要だし、フランスに留学したいと思っている」

「フランスへ？」

貞吉だけでなく、豊資もトミも驚いた。

「異国に行かせていただけるのか」

長州藩では幕府崩壊前に、五人の藩士をイギリスに留学させたが、今は新政府が官費を使って、見どころのある若者を欧米に送り出しているという。

頼三は父親に言った。

「まだ確実ではありませんが、なんとか行かれるように頑張っています。なんといっても陸軍は、ナポレオンの歴史があるフランスが優れていますし」

陸軍を志す者にとって、ナポレオンは憧れの存在だという。

そして貞吉に向き直った。

「松野磵《はざま》を覚えているだろう。護国寺で、おまえの傷の手当をした医者だ」

「もちろん、覚えています」

「磵も海外留学を望んでいる」

あれから松野磵は望みがかなって、オランダから帰国した伊東方成に入門できたという。もともと伊東方成は、箱館戦争を戦った榎本武揚らとともに、幕府の最初の留学生としてオランダに渡ったひとりだった。

「だが医術はオランダよりも、ドイツが優れているらしい。だから磵はドイツ行きを望んでいる」

それまで黙っていたトミが、心配そうに聞く。

「言葉は大丈夫なのですか？　磵さんも、あなたも」

「磵は前からオランダ語をやっていたし、ドイツ語も似たり寄ったりだろうから、何とかなるだろうと言っています。僕は留学が決まったら、横浜でフランス語を学ぶつもりです」

幕府は崩壊前にフランスの援助を受けていた時期があった。そのため語学教育にも熱心で、横浜にフランス語学校を開校した。幕府崩壊によって学校自体は閉鎖されたものの、そこで学んだ日本人が今もフランス語を教えているという。

「それで、貞吉、おまえのことだが」

頼三は、また貞吉に顔を向け直した。

「徳川家が駿河《するが》と遠江《とおとうみ》に移封《いほう》になった。旧幕臣で江戸に残るものもいたが、多くは主家について行ったらしい」

横浜のフランス語学校の卒業生で、静岡に移住した者も多いという。

「彼らは明治元年の移住早々から、静岡学問所という藩校を開いたそうだ。フランス語だけでなくて英語にも力を入れて、西洋の文化や技術を教えているらしい。いわゆる洋学の学問所だ。そこが去年から、徳川家の家臣の子弟だけでなく、ほかの藩の者も受け入れ始めたそうだ」

画期的な学校で、頼三自身も入りたいくらいだが、さすがに長州藩士の立場では無理だという。

頼三は改めて身を乗り出した。

「でも、おまえなら、ちょうどいいと思うのだ。静岡学問所に入れ。必要な金は、僕が出す」

貞吉は驚いて首を横に振った。

「まさか、そんなことまでしていただくわけには」

「遠慮することはない。おまえの父から、おまえを預かったのだ。立派に世に出さなければ、僕の責任が果たせない。それに洋学を身につければ、海外留学の道も開けるかもしれない」

貞吉は、いっそう驚いた。

「そんな目立つことはできません。これから会津の人たちが、斗南で苦労するというのに」

「留学が嫌なら、静岡学問所で学ぶだけでもいい。とにかく新しいことを身につけろ。徳川家は維新の敗者だし、ほかの藩からの入学者も、たいがいは譜代藩の出で、皆、負けた側だ。おまえにとっても、居心地は悪くはないはずだ」

突然の話に、貞吉は答えに窮した。すると頼三は、身を乗り出した。

「年が明けたら十七だと言ったな。新しい学校に入るには、けっして遅すぎない。むしろ、ちょうどいい」

なおも答えられないでいると、頼三は苛立ち始めた。

「何か気に入らないのか？」

しだいに語気を荒らげた。

「いったい、おまえは何をしたいんだ？　この一年間、この村に居て、今後のことを考えなかったのかッ」

　すると豊資が助け舟を出すように、貞吉に話しかけた。

「もしかして貞吉は、この村に居たいのか。だが、それは、できぬぞ」

　すぐさま頼三も同調した。

「もちろんだ。ここで一生、野良仕事をするとでも言うのかッ。そんなことは許さんぞッ」

　豊資は、なおも穏やかに貞吉を諭す。

「この村のよさは、誰よりも私が知っている。だからこそ、ここで隠居したのだ。おまえも、ここが好きになってくれて嬉しい」

　だが、いつまでも村に居てはいけないという。

「おまえは、なぜ下男や村の手伝いを始めたのだ？　私やトミや、村の衆の役に立ちたかったからだろう。人は人の役に立ってこそ生きがいがある。この村に閉じこもるのは、倉に引きこもるのと同じだぞ」

　すると頼三が口を挟んだ。

「そもそも、おまえは年端もゆかない身で、なぜ白虎隊に志願した？　朝敵という汚名を雪《そそ》ぎたかったからではないのか」

　貞吉は記憶をたどった。あの時は白虎隊に加わることが、何よりも名誉であり、周囲の勢いに乗った一面もあった。藩主が恭順の姿勢を示したにもかかわらず、会津藩に一方的に朝敵の汚名を着せられたことが許しがたかった。

「貞吉、会津藩は戊辰戦争に負けて、いっそう汚名を着てしまった。おまえは、それを雪ぎたくはないのか」

貞吉は小声で答えた。

「雪ぎたくはありますが、私ひとりでできることなど」

「いや、ある。おまえが広く人のために役立つようになれば、世間は会津人を見直す。白虎隊の生き残りという、世間の目を引く立場だからこそ、それができるはずだ」

頼三は言葉に、さらに熱を込めた。

「ここで暮らすのは、おまえには楽だろう。心に負った傷を癒やすためには、時間がかかったのもしかたない。だが、このままでは会津の汚名は雪げないぞ。おまえ自身の汚名もだ」

そのためには静岡に行くのが、今は最良の道なのだと、貞吉にも理解できる。それでも即答はできなかった。

すると頼三が少し落ち着きを取り戻して言った。

「何も今すぐ静岡に行けとは言わない。これから学問所に受け入れを頼むのだから、しばらく時間はかかる」

松野礀の師である伊東方成が旧幕府系の医師であり、その筋から頼んでもらうという。

「だから、とにかく村を出る覚悟を決めておけ。いいな」

頼三は強引に話を打ち切った。そして正月を村で迎えて、また山口に戻っていった。

その後、静岡学問所の話も、頼三と礀の留学話も、なかなか決まらなかった。難航しているのなら、貞吉としては、なおさら申しわけない気がした。

しかし豊資の蔵書を、すべて読み終えてしまい、再読を繰り返すようになり、満たされない思いも抱えていた。

春が過ぎ、二年目の田植えも手伝った。去年よりも手が慣れて、植えつける速さが増したと、村人たちに褒められた。

その稲がすくすくと伸びて、田が一面の緑に染まり、裏山から蟬《せみ》の声が、やかましいほど聞こえ始めた頃だった。山口から下関に向かうという藩士が立ち寄り、一通の手紙を置いていった。

貞吉が呼ばれて座敷に行ってみると、豊資は手紙を差し出した。

「頼三からだ。秋から静岡学問所に入れてもらえるそうだ」

予定通り、松野礀が自分の師である伊東方成に口添えを頼んで、ようやく入学が認められたという。

「近いうちに迎えに行くから、用意をしておけと書いてある」

貞吉は緊張が高まるのを感じた。とうとう時期が来たのだ。だが決心がつかず、手紙を手に取って読むこともできない。

豊資は心配そうに聞く。

「まだ心が定まらぬのか」

貞吉は目を伏せて答えた。

「情けないことですが」

豊資は小さな溜息《ためいき》をついた。

「この話は黙っていようと思っていたのだが」

手紙を畳みながら言った。

「おまえが毎朝、水を汲んでやっている婆《ばあ》さんがいるだろう」

もう一年以上も続けており、豊資が知っていても不思議はない。小さくうなずいた。

「おヨネさんのことですか」

「そうだ。あの婆さんには、ひとり息子がいた」

「それは聞きました」

「ならば、その息子が、なぜ死んだか、知っているか」

「なんでも家を飛び出していって、遠くで死んだとか」

「その通りだが、ただ飛び出していったわけではない。奇兵隊に入ったのだ」

意外な話だった。奇兵隊については、以前、頼三から聞いたことがある。

長州藩が穏健派に占められた時、強硬派の高杉晋作が組織した、まったく新しい戦闘部隊だった。町人や農家の若者たちに、輸入物の新型銃を持たせて戦わせたのだ。

下関で挙兵し、萩に向かう途中で、藩の正規軍と衝突したのが、たまたま松野礀の家のすぐ近くだった。大田絵堂の戦いだ。

武士ではない奇兵隊が正規軍を打ち破るのを、礀は目の当たりにした。もはや侍も百姓もない。身分をどうこう言い立てる時代は終わり、新しい時代が来ると、礀は確信したという。そこで村を出ていったのだ。

礀ですらそうだったのだから、この辺りの村の若者で、奇兵隊を志願した者がいても不思議はなかった。

「その奇兵隊に入った息子だがな」

豊資は貞吉の目を見て話を続けた。

「その後、藩の正規軍に組み入れられて、藩士同様の扱いで北に向かって進軍した。あちこち転戦して、最後は会津で戦死したそうだ」

貞吉は息を呑んだ。

「会津で？　おヨネさんの息子が？」

「そうだ」

打ちのめされる思いがした。よもや身近に、そんな戦死者の家族がいようとは。それどころか、長州側に戦死者が出たということすら、考えたこともなかった。

おそるおそる聞いた。

「おヨネさんは、私が会津から来たことを、知っているのでしょうか」

豊資は小さく首を傾げた。

「おまえが敵方から来たことは、耳には入ったかもしれんが、詳しいことは、おそらく知らんだろう」

「知れば、私を」

思わず声がふるえた。

「恨むでしょうね」

すると豊資は、また思いがけないことを言った。

「恨むかどうか、聞いてみたらどうだ?」

「私が、おヨネさんにですか」

「そうだ。恨まれるにせよ、水に流すにせよ、おまえが気持ちを切り替えるための、きっかけになるかもしれない」

それも重い課題だった。

翌朝、顔を合わせるのが怖かった。だがヨネは、いつもと変わらず、空の桶を抱えて水辺にやって来た。貞吉も、いつも通り水を汲んで、ヨネの家まで運んだ。

歩きながら、何度も話を切り出そうとしたが、最初の言葉が出てこない。結局、黙ったまま家に着き、土間の水瓶を満たしてやった。ヨネが歯のない口で言う。

「いつも、すまないね。助かるよ」

顔を見るのもつらくて、貞吉は軽く頭を下げ、何も聞けないまま外に出ようとした。だが引き戸の敷居をまたいだ時に、ふと話す気になった。

振り返ると、ヨネは板の間に上がりかけており、思い切って声をかけた。

「私は実は、会津から来たんです」

するとヨネも振り向いた。

「会津って?」

「おヨネさんの息子さんが戦死したところです」

「はて、そういえば、そんな名前のとこだったね。そうそう、うちの子は、確か会津で死んだんだよ」

何もわかっていない気がして、貞吉は語気を強めた。

「息子さんと私は、敵味方だったんですよ」

「ああ、そういえば、そうだね」

まるで話が通じない。少し苛立って言った。

「私の撃った鉄砲の弾で、息子さんが死んだかもしれないんですよ」

するとヨネは、呆れたように眉を上げた。

「鉄砲ってのは、とんでもなく大勢で、パンパンパンパン、やたらと撃ち合うんだろう」

「それは、そうです」

「それじゃ、あんたの撃った弾で、うちの息子が死んだなんてことは、まずないだろうよ」

「でも敵だったんですよ」

「敵だったら、なんだって言うんだい」

口をへの字に曲げた。

「誰も、うちの息子が憎くって、殺したわけじゃあるまいし」

貞吉は黙り込んだ。

思い返せば、自分は敵が憎かった。会津藩の恭順を認めなかった長州の兵が、特に憎くてたまらなかった。だが、さすがに口にはできない。

ヨネは妙にさばさばした口調で話した。

「息子が死んだって聞いた時には、本当に悲しかった。何日も泣いたよ。でも敵だった人たちを恨んだことはないよ。私が恨んだのは息子だね。止めるのも聞かずに、出てった息子が恨めしかった」

　ヨネは上がり框に腰を下ろした。

「なんで戦争になんか行ったんだろうって、悔しくてたまらなかった。だけどね、後になってから思い出したんだ。あの子が出ていった時の言葉を」

　貞吉は遠慮がちに聞いた。

「なんて、言ったんですか」

「侍になって、母ちゃんに楽させてやるんだって。そう言って出てったんだよ」

　胸を突かれる思いがした。松野礀は、もはや侍も百姓もなく、身分をどうこう言う時代は終わったと確信して、村を出ていった。だがヨネの息子は、これから侍になれると夢見て、戦場に向かったのだ。

　ヨネは座敷の仏壇を目で示した。

「でもね、あの子は死んで、悔いはなかっただろうよ。村に一生いたら、後悔するから行かせてくれって、そう言って出ていったんだから」

　また貞吉に視線を戻す。

「あの子が死んで、その身代わりに、あんたが、この村に来てくれた気がしたんだよ」

　初めて水を汲んでくれた時に、そう思ったという。

「でもね、私にはわかってる。あんたも、この村を出ていく人だって。一生、この村にいたら、あんたも後悔する人だよ」

　また歯のない笑顔を見せる。貞吉には言葉がなかった。


　頼三が馬に乗って現れたのは、夏の終わりだった。

「貞吉、行くぞ」

　なおも気持ちの整理はできていなかったが、否《いや》も応もなく旅支度にかかった。

　この日のために、またトミが着物を洗い張りして、仕立て直してくれていた。そのしつけ糸を抜くのを、かたわらに座って見ていると、頼三が部屋に入ってきて、立ったままで言った。

「貞吉、斗南のことだけどな、そうとう苦労しているらしいぞ」

　そして貞吉の横にしゃがんだ。

「やっぱり冬越しが大変だったようだ。急ごしらえの家じゃ隙間風だらけで、寒さがしのげないし、食べ物さえなくて餓死寸前だったそうだ」

　春になり野草を口にできるようになって、ひと息ついたらしいが、住まいを建て替える余裕は、まだまだないという。

「それに、荒れ地を田んぼにしたくても、土が悪くて、水が張れないという話だ」

　貞吉は驚いて聞き返した。

「米が作れないんじゃ、どうするんですか」

「稗《ひえ》か粟《あわ》でも作るしかないだろう」

米は何よりの換金作物だ。米ができてこそ広い土地の意味がある。稗や粟では、自分たちの飢えをしのぐだけだ。

頼三は溜息混じりに言う。

「まるで流刑だと嘆いているそうだ。子供に学問もさせられないし、暮らしがよくなる見通しがない」

貞吉は両親や弟たちも苦労しているかと思うと、いよいよ落ち着かなくなった。

「貞吉、おまえがやるべきことは、ひとつしかない。出世をして、そんな暮らしから家族を救い出してやるんだ」

「そんな」

うろたえて言った。

「私には、そんな偉そうなことはできません。自分だけ、いい思いをした挙句に、家族を助けるなんて」

「それなら死ぬほどの苦労をしている家族を、見捨てるというのか」

「見捨てるつもりなんか。でも」

「とにかく」

頼三は頭ごなしに言う。

「僕の言う通りにしろ。悪いようにはしない」

貞吉は口を閉ざすしかなかった。

そして旅支度を整えてから、座敷で両手を前について、豊資とトミに挨拶した。

「長い間、お世話になりました。縁もゆかりもない私を、大事にしてくださって」

トミは涙をぬぐいながら言う。

「いざ出ていくとなると、なんだか、他人とは思えなくて」

豊資は言葉少なに励ました。

「貞吉、とにかく頑張れ」

貞吉は頼三に促されて家を出た。

ふたりで馬を引きながら、急坂の下まで降りた。すると坂下に人だかりができていた。

「おお、来た来た」

村人たちは、歓声で迎えた。

貞吉は頼三のことを待っていたのかと思った。しかし村人たちは貞吉に声をかけてきた。

「貞さあ、学問をしに、遠くの立派な学校に行くんだってな」

「貞さあ、頑張ってくれよな」

なぜ知っているのかと驚いたが、頼三が笑顔で貞吉に目配せする。どうやら退路を断つために、頼三が話して広めたらしい。

村人たちの中にヨネが立っていた。貞吉が大股で近づくと、ヨネは両手で貞吉の袖をつかんだ。

「やっぱり、行くんだね。そう思ってたよ」

「すみません。水汲みができなくなって」

するとヨネは目の前で片手を振った。

「いいんだよ、そんなことは」

ほかの男たちが口々に言う。

「水汲みくらい、俺たちがやってやるから、貞さあは心配するな」

ヨネは洟《はな》をすすった。

「あんたが、うちの息子の代わりに出世してくれたら、それだけで私は嬉しいよ」

頼三がかたわらに立って、それ見たことかと言わんばかりに、背中を軽く小突く。

「みんな、応援してくれるだろう。世の中、悪いやつばかりじゃないさ」

そして馬の鐙《あぶみ》に足をかけて、軽々と鞍にまたがった。

「行くぞッ」

貞吉は大きく息を吸うと、馬のくつわをつかんで歩き出した。

「一生懸命、学問して、出世してくれよッ」

「貞さあ、頑張れよッ」

村人たちの声援に押されて、前を向いて歩く。

未練とは思いつつも、もういちどだけのつもりで振り返ると、豊資とトミが村人たちの真ん中に立って、見送ってくれていた。立ち止まって深々と頭を下げた。

村人たちから、ひときわ大きな歓声が上がる。貞吉の目から涙が落ちて、地面に小さなしみができた。頼三に気づかれないように、顔をそむけたまま、くつわを取り直して歩き出した。

馬上の頼三が言う。

「パリに行く話、なんとかまとまりそうだ」

貞吉は平静を装って答えた。

「そうですか。よかったですね」

「パリでは軍隊の決まりごとを、調べてくるつもりだ」

諸藩の陸軍を日本陸軍として一本化し、徴兵制度を敷いて、武士階級以外からも兵を募る。そのためには、さまざまな規定を設ける必要があり、フランス陸軍の制度を学びたいという。

「徴兵制になれば、おヨネ婆さんみたいに、息子が戦死して残される家族が、たくさん出てくる」

そんな家族に対して、きちんと補償をしなければならないという。

「どんなに嘆いたって、恨んだって、戦死した息子は帰ってこない。だったら、これから何をしてやれるか、フランスで考えるつもりだ」

そして前を向いたままで言った。

「だから、おまえも過ぎたことは割り切って、これからのことに目を向けろ」

貞吉も前を向いて歩きながら、はっきりと答えた。

「はい」

思えば一年八ヶ月前、今と同じように馬のくつわを引きながら、この道を逆方向から歩いてきた。心は不安で一杯で、足取りも重かった。

あの時は道の両側に冬枯れの田園が広がり、小雪がちらついていた。明治元年の終わりのことだ。だが今は、見渡す限り黄金色だ。あと半月もすれば、明治三年の稲刈りが始まる。

きっと大丈夫だと、貞吉は自分自身に言い聞かせた。自分にとっても厳しかった冬は過ぎ、収穫期は遠くない。頼三の言う通り、過ぎたことは割り切って、これからのことに目を向けようと決意し、東に向かって歩を進めた。

五　翡翠色の堀

静岡学問所は駿府城《すんぷじょう》内にあった。二重の堀に囲まれた、ほぼ正方形の平城《ひらじろ》だ。

もともと駿府城は徳川家康が隠居所として暮らし、家康亡き後は、三代将軍家光の弟の城となった。その後は幕府の直轄地となり、譜代大名が城代として預かる形が続いた。

幕府崩壊後は、徳川家が移封先として、家康ゆかりの駿河遠江を希望し、それが新政府に認められた。会津藩が新政府軍と壮絶な戦いを繰り広げていた頃、すでに徳川家の家臣たちは、この気候温暖な地に移住し始めていたのだ。

それを思うと、会津藩が徳川家に忠誠を貫いた意味は何だったのかと、貞吉は虚しくなる。

学問所の敷地は、内堀と外堀の間の一角だった。追手門《おうてもん》に近く、東隣は藩庁、西隣には洋式の病院という一等地で、静岡藩の教育に対する意気込みが推し量られた。

貞吉は翡翠色《ひすいいろ》の堀端に立ち、会津の藩校、日新館を思い出した。

会津の城は平城の駿府城とは違って、城内に高低差がある。谷のように深い堀もあるし、おおむね自然の崖に沿って、外周が曲線を描いている。

だが日新館前の堀だけは、珍しく直線的で、きちんと石垣が積まれていた。長年、城代に預けられていた駿府城の石垣よりも、手入れはいいくらいだった。

しかし美しかった会津の御殿は、落城の際の火事で、今や見る影もないに違いなかった。日新館も焼け落ちたのか。それすら貞吉は知らない。

十歳で入学し、十五歳で白虎隊に入るまでの五年間、日新館に通った。飯沼家の屋敷の並びにあり、毎日、まっすぐな堀端を歩いて通った。

そして場所こそ違えども、今また同じような堀端の藩校に入学する。それをありがたく受け止めようと決め、貞吉は静岡学問所の門をくぐった。

入学の手続きは、すべて頼三がすませてくれた。城外に間借りして、通学してくる学生も多い中、頼三が特別に頼み込んで、学問所内の寄宿舎に入れてもらえた。

「じゃあ、頑張れよ」

頼三が片手を上げると、貞吉は深くうなずき、学問所の門前で別れた。そのまま頼三は東京の長州藩邸へと向かった。

心弾ませて寄宿舎に行ってみると、八畳間に七人の同居だった。同部屋の学生たちは貞吉以外、全員が旧幕臣の師弟で、気軽な口調で聞かれた。

「おまえ、江戸の出じゃないな。どこから来たんだ？」

貞吉は詮索されたくなくて、思わず口ごもった。

「お、奥州だ」

「奥州のどこだよ」

とっさに嘘《うそ》が出そうになった。小さな藩だし、たぶん知らないだろうと。全国で大小三百もの藩があり、貞吉自身、奥州の藩すべてを把握しているわけではない。

だが同室の学生は、たいして興味はなかったのか、貞吉の答えを待たず、ほかの仲間たちに話しかけられて、もう別の話題に笑い興じていた。

貞吉は嘘をつかずにすんで、ほっとした。子供の頃から身にしみついている什《じゅう》の掟では、三番めが「嘘を言うことはなりませぬ」だった。

だが寄宿舎での暮らしで、もうひとつ困ることがあった。首の傷跡だ。

長州からの旅の途中、頼三は大坂で、立て襟のシャツを買ってくれた。

「こういうシャツを着物の下に着るのが、若いやつらに流行《はや》っているんだ」

着てみると、ちょうど襟で首の傷跡が隠れる。それに大坂では、確かに書生のような若者たちが、そんな出《い》で立《た》ちをしていた。丁髷《ちょんまげ》にシャツは少しちぐはぐな気もしたが、おかげで、いつも首に巻いていた手ぬぐいを外すことができた。

だが寄宿舎では風呂が共同だ。シャツを脱いで傷跡を見られるのに抵抗があった。

「もう湯を抜くぞ」

そう急かされて、ようやく仕舞湯に入った。湯殿は暗いし、誰もが急いでいて、人の傷など目に入らない。それでも貞吉は、うつむいて顋で傷を隠しつつ、素早く体を洗って出た。

だが驚いたことに、学生同士で刀傷を自慢げに見せ合う者がいたのだ。

「見ろよ。この肩。すげえ傷だろう。上野戦争で敵に斬りかかられたんだ。腕が飛んだかと思ったぜ」

「俺は背中だ。後ろから斬りつけられたんだが、俺は振り返りざま、相手を袈裟懸《けさが》けにバッサリだ。そいつ、白目をむいて、ひっくり返ってたぜ」

白目をむいて見せ、周囲は大笑いする。貞吉は、そんなふうに笑い飛ばせるのが羨ましかった。

背中の傷の男と、何度か仕舞湯で一緒になり、とうとう首の傷に気づかれた。男は貞吉の顋に手を伸ばして聞いた。

「おまえ、自害しかけたのかよ」

貞吉は手を払い、急いでかけ湯をして湯殿から出た。男の嘲笑が追いかける。

「なんだ、名誉の負傷じゃねえのかよ。死に損ないか」

あっという間に噂《うわさ》は広まった。だが貞吉は弁解せず、くちびるを嚙んでこらえた。

それからしばらくして、英語の授業の時だった。教師から貞吉が指名され、音読を始めたところ、同じ発音を何度も注意された。

貞吉は、どこが悪いのかわからなかったが、教師が聞いた。

「おまえ、奥州の出か」

奥州出身者には、いくつか発音できない音《おん》があるという。教師は手帳を繰って、合点して言った。

「飯沼貞吉、会津藩の出身だな。それなら仕方ないが、ほかの者の発音を聞いて、きちんと発音できるように稽古しなさい」

会津が戊辰戦争の激戦地だったことは、幕府系の学生なら誰でも知っている。貞吉は周囲の視線が集まるのを感じたが、いつか知られることだと自分に言い聞かせた。

授業の後で、刀傷の男が近寄ってきた。

「俺、江戸にいた時に、浅草で出ている新聞で読んだんだけどな、会津で白虎隊って連中が自刃して、ひとりだけ息を吹き返したのがいたって。もしかして、それ、おまえじゃねえのか」

貞吉は動揺が隠せなかった。よもや自分のことが新聞種になっていようとは、思いもよらなかった。目の前が暗くなり、額から冷たい汗が滲《にじ》み出す。

刀傷の男は大声で聞く。

「本人かよ。ええッ？　もしかしたらとは思ったけど、本人だったのかよッ」

貞吉が否定する間もなく、男は、その場から走り去った。また噂が広まるのは疑いない。

なぜ、そんな話を、わざわざ新聞に書き立てるのか。大勢に知られてしまったと思うと、もう居たたまれなかった。

翌朝、貞吉は起き上がると、ひどい動悸《どうき》がした。なんとか我慢して校舎に向かおうとしたが、途中でめまいがして、しゃがみこんでしまった。

ほかの学生が見かねて言った。

「具合が悪そうだから、今日は休めよ。先生には、そう言っておいてやるから」

寄宿舎に帰って、ひとりになると、動悸もめまいも嘘のように消えていた。そこで授業に出ようとすると、またぶり返す。

翌日には腹痛だった。治ったり、ぶり返したりも同じだった。教室に近づこうとすると、腹痛だけでなく、足がすくんでしまう。

だが休みが続くと、授業に取り残されそうで、不安でたまらなかった。知らなかったことを学ぶこと自体は、とても楽しかったのだ。

寄宿舎に戻りかけて、書庫が目に入った。学問所には白漆喰《しろしっくい》の倉が何棟も並び、膨大な蔵書がある。

かつて江戸城に紅葉山《もみじやま》文庫という和漢の蔵書があり、蕃書調所《ばんしょしらべしょ》という洋学研究所や、横浜のフランス語学校には、それぞれ英語やフランス語の輸入書籍が集められていた。

それが、あらかた静岡学問所の書庫に移されたのだ。書庫の扉は開いており、学生なら、いつでも出入りできる。

入ってみると誰もおらず、ひっそりとしていた。軒下に明かり取りの窓があるだけで、土間に洋式の机と椅子が並んでいる。その静けさと薄暗さに、気持ちが落ち着き、腹痛も止んだ。

椅子に腰かけて、持っていた英語の教科書を、机の上で開いた。書棚から英和辞典を取り出し、わからない単語を引いてみると、なんとか理解できた。

普段は休憩時間になると、書庫は学生で一杯になる。英和辞典は何冊もあるが、ほとんど取り合いで、貞吉など気後れして触れもしない。それが初めて、ゆっくり引くことができた。

英和辞典は長崎で編纂《へんさん》され、木版で印刷された和綴《わと》じ本だった。ただ簡単な単語しか載っていない。そこで輸入ものの英蘭辞典を手に取った。重厚な革表紙の手触りや、西洋の印刷の香り、持ち重りする分厚さに、気持ちが高まる。

そのほかにドゥーフ・ハルマという蘭和辞典も、棚から取り出してみた。やはり和綴じだが、全部で十巻にも及び、五万語ものオランダ語と和訳が載っている。

もともと長崎のドゥーフというオランダ商館長が編纂し、日本人通詞《つうじ》たちが加筆したものだ。それが写本を繰り返されて広まり、書庫の中には、何組ものドゥーフ・ハルマが備えてある。

貞吉は英和辞典に載っていない単語を、まず革表紙の英蘭辞典で引き、そのオランダ語を、さらにドゥーフ・ハルマで引き直した。すると英単語の意味がわかる。

なんだか嬉しくなって、夢中になって教科書を読み進んだ。知らなかった単語は、頭にたたき入れた。

ふと気がつくと、外で大太鼓の音が響いていた。授業が終わり、休憩時間に入る知らせだ。貞吉は慌てて教科書を閉じ、辞書類を書棚に戻して外に出た。

すると校舎の方から、大勢の学生たちが突進してきた。貞吉が身を引くと、われがちに書庫に入っていく。すぐに書庫は一杯になった。

それを見ているうちに、また腹が痛くなった。貞吉は腹痛の原因に、ようやく気づいた。自分は人と関われないのだ。

以来、授業には出ずに、毎日、書庫に通い始めた。発音は教室に出ないと覚えられないが、どうせ発音できない音があるのだと思えば、気が楽だった。英語に自信がつけば、また教室に出られそうな気もした。

教科書は数日で読み終えてしまい、書棚から読めそうな洋書を探して、ひとりで読み進んだ。自習でも勉強していると思うと、取り残されるという焦りから解放された。豊資の蔵書を読み切ってしまって以来、久しぶりの読書の喜びだった。

寄宿舎の同室の学生からは不審がられたが、背を向けているうちに、何も聞かれなくなった。孤立はつらかったが、ほかの学生の知らないことを学んでいるという自負で乗り切った。


温暖な静岡の地にも、北風が吹き始めた頃だった。事務方の役人が、書庫の扉から顔を出して、手招きをした。

「おい、飯沼、ちょっと来い」

何ごとかとぎょっとしたが、自分の筆記用具を風呂敷に包んで、ついて行った。

向かう先は教授方の居室の方だった。貞吉は授業の欠席をとがめられるのだろうと緊張した。

だが建物の中には入らず、人気のない裏手に連れて行かれた。建物の影に、ふたつの人影が見えた。また、あの刀傷の男でも待っていそうで、嫌な予感がした。ひとりは詰め襟の洋服姿。もうひとりは羽織袴姿だ。

貞吉は近づいて息を呑んだ。詰め襟は楢崎頼三、羽織袴姿は松野礀《はざま》だったのだ。

事務方の役人がふたりに一礼して、その場を離れると、すぐさま頼三が鬼のような形相で近づいてきた。そして貞吉の襟首をつかむなり、押し殺した声で言った。

「たった今、聞いた。おまえ、授業に出ていないそうだな」

貞吉は顔をそむけて答えた。

「自習はしています。書庫で洋書を読んで」

次の瞬間、頼三の拳が顎を直撃した。

勢い余って建物の外壁にたたきつけられ、そのまま地面に倒れ込んだ。持っていた風呂敷包みが飛んで、建物の敷石に当たった。中の硯《すずり》が割れ、欠片《かけら》や筆が包みから飛び出す。

頼三は肩で息をつきながら、苛立たしげに聞いた。

「自習だと？　何が気に入らない？　何が気に入らなくて、このざまだ？」

そして割れた硯を靴先で蹴飛ばした。

「この硯は誰の金で買った？　その筆も、おまえが着ているシャツもだ。ここの寄宿舎で暮らすための金も、ここまで来る路銀だって、いったい誰が出したと思ってるんだッ」

硯の欠片を拾い上げると、建物の敷石めがけて力いっぱい投げつけた。硯は派手な音を立てて、粉々に飛び散り、欠片が貞吉の目をかすった。

「恩着せがましいことを言いたくはないが、僕だって、さほど高禄を食《は》んでいるわけじゃない。本当は田舎の親に、もっと楽をさせてやりたい。でも父親も母親も、貞吉のために使ってやれと言うんだ。その思いが、おまえにはわからんかッ」

貞吉には返す言葉がない。黙ってうつむいていると、目の傷が思いがけないほど痛み始めた。

頼三は、もういちど足元の欠片を蹴散らし、声の調子を落とした。

「磵も僕も、ようやく留学が決まった。僕は希望通りフランスへ、磵はドイツに行く。出発は十二月で、何年も帰れない。これから親に挨拶に行くところだ」

長州に向かう途中で、静岡に寄ったのだという。

「おまえも、きっと頑張っているだろうし、留学の話をしたら、もっと励みになるだろうと思って、ここに来たんだ。おまえと会うのが、ついさっきまで楽しみだった。本当に楽しみだった。なのに、おまえは、おまえは」

貞吉の襟首を、もういちどつかんで立ち上がらせ、また拳を振り上げた。だが今度は顎に届かなかった。それまで黙っていた磵が、頼三の背後に立って、羽交い締めにしたのだ。

「頼三、やめろッ」

頼三は突き飛ばすようにして、襟首を放した。また建物の外壁に背中がぶつかり、そのまま、ずるずると座り込む。

磵が急いで近づき、しゃがんで、貞吉の顔をのぞき込んだ。

「目から血が出ている。痛むか」

するると頼三は怒りを磵に向けた。

「甘やかすなッ。こいつは甘やかしたら、つけ上がるばっかりだッ」

磵は振り返って怒鳴り返した。

「いい加減にしろッ。瞳を傷つけて、目が見えなくなったら、どうするつもりだッ」

貞吉は地面に座り込んだまま、首を横に振った。

「大丈夫です。なんともありません」

磵は手を差し出して言った。

「念のため、隣の病院で診てもらおう。ちょうど挨拶に行こうと思っていたところだ」

隣の静岡病院の院長は林研海《けんかい》といって、磵の師である伊東方成や、箱館戦争の榎本武揚と一緒に、オランダに留学した仲間だという。

頼三は、吐き捨てるように言う。

「そんな傷、大げさにすることはない。だいいち治療する価値もない。そんなやつを見込んだことが恥ずかしい」

そして貞吉に顔を近づけて怒鳴った。

「東京にはな、斗南から若いやつらが、ぼちぼち出てきている。親が学問をさせようと、必死の思いで送り出すんだ。それがわかっているから、そいつらも必死だ。糸みたいに細い伝手《つて》にしがみついて、書生の口を探して、恥も外聞もなく人の家に潜り込んで、それで勉強してるんだぞ。それに引き換え、おまえは何だ？」

両手を開いて、まくし立てるように言う。

「何の苦労もなく、こんな学問所に入れてもらって、授業に出ないだと？　何を考えている？」

それから礀に向き直った。

「伊東方成先生にも申しわけないことになってしまった。せっかく、お口添えいただいたのに。そもそも僕が甘やかしすぎた。よかれと思ってやったことが、すべて裏目に出た」

深い溜息をついてから、また貞吉に言った。

「僕はフランスに行くし、これ以上、面倒は見られない。退学届けを出すから、好きなところへ行け。斗南でも会津でも」

貞吉に拳で殴られるよりも、もっと打ちのめされる思いがした。

ちょっと考えれば、こんな展開は予想できたはずだ。だが目をそむけてきた。ひとりで英文を読むことに逃げていたのだ。退学になったとしても、何の文句も言えない。

だが礀が、なおも貞吉の肩を持った。

「退学届は待て。おまえが見捨てるのなら、僕が面倒を見る。長州に連れて行ってやれと言ったのは、もともと僕だ。だから僕にも責任がある」

頼三は鼻先で笑った。

「おまえに、そんな金があるのか」

いまだ磵は伊東方成の弟子の身で、頼三のような定収入があるわけではない。それでも磵は引き下がらなかった。

「留学の支度金が出るから、それをまわす」

「待てよ。僕の話を聞いていたか。甘やかしすぎたのが悪かったんだ。これ以上、こいつを甘やかすなッ」

「とにかく僕は貞吉を病院に連れて行く。医者として放ってはおけない。おまえは宿に戻れ」

「勝手にしろッ。だが退学届は出すからなッ」

頼三は捨《す》て台詞《ぜりふ》を残して、事務方の部屋に入っていった。

静岡病院の診察室は、洋机と椅子が置かれ、靴のまま上がる西洋式だった。

林研海は院長といっても、まだ三十前の若さで、断髪に背広を着ていた。洋行帰りらしく、椅子を引くしぐさひとつでも、西洋人のように手慣れていた。

そして貞吉の顔を見るなり聞いた。

「喧嘩《けんか》か」

頼三に殴られた顎が腫れていた。貞吉は力なく首を横に振った。

「違います」

かたわらの磵が、口の重い貞吉に代わって答えた。

「僕の連れで、こいつの後見人が殴ったのです。こいつは国元の藩校でも、かなり成績はよかったし、見どころはあるのですが、少し問題が起きてしまって」

「そうか」

研海は貞吉を椅子に腰かけさせ、拡大鏡で目の中を丁寧に見た。

「瞳は大丈夫そうだ。白目の部分に、少し傷がついている」

それから耳の下から首にかけて、指先で押した。その時、一瞬、首の傷跡に視線が向いた。

「特にリンパ腺も腫れていないが、念のため目薬を出そう。きれいな水で粉薬を溶かして、目を洗いなさい」

拡大鏡を机に置いてから、ペン先をインク壺《つぼ》に浸して、処方箋を書き始めた。

「国元は、どこだ？」

これにも磵が答えた。

「会津です」

「会津か。それは苦労をしただろう」

ペンを止めて言う。

「実はな、隣の学問所は、あまり評判がよくなかったんだ。学生同士の喧嘩が絶えなくて。たちの悪いのは、まとめて追い出したらしいから、ましになったとは聞いているが」

去年までは旧幕臣の子弟しか入学できなかったが、大量に退学者が出たために、今年から他藩の者も受け入れたのだという。

「まあ、この学問所を出たからといって、藩の役につけるわけではないし、まして東京で政府の役人になる道もない。学生が荒れるのも、しかたない面もある」

静岡藩の中枢は、幕府で高位にあった旗本たちが押さえており、学問所の卒業生が活躍できる場はないという。

研海は、また処方箋書きに戻った。

「余計なことかもしれないが、もし学問所で何か問題があるのなら、沼津の兵学校に移った方がいいぞ」

沼津は静岡から十二、三里ほど東にあり、幕府陸軍の関係者たちが多く移住して、陸軍の藩校を開いているという。

「こっちとは違って、沼津には頭の固いお歴々はいないし、陸軍自体が新しい組織だったから、思い切ったことができて、なかなかよくできた学校らしい。授業料も要らない上に、給料までもらえる」

貞吉は遠慮がちに聞いた。

「鉄砲や大砲の撃ち方を、稽古するのですか」

「まあ、それが本来の兵学校だが、実は、それができないのだ。新政府に武器を取り上げられてしまったのでな。その代わり、西洋の技術を教えている。蒸気機関とか測量とか。江戸にあった幕府の洋書の中で、技術関係の本は沼津に運んだし、そういう技術者なら、新政府にも歓迎される」

研海は処方箋を差し出した。

「それに兵学校を作ったのが、藤沢次謙《つぐよし》どのといって、幕府の陸軍副総裁だった人だが、よくできた人物だ」

陸軍総裁が勝海舟《かつかいしゅう》で、その下で藤沢は江戸開城の実務を一手に引き受け、旧幕臣たちの駿府移住まで、無事に成し遂げたという。

「藤沢どのは生まれ育ちはいいが、開城も含めて、ずいぶん苦労をした人だから、人情に篤《あつ》い。何かあったら訪ねてみるといい。助けてくれるかもしれない」

貞吉が口ごもっているうちに、磵が目を輝かせて礼を言った。

「ありがとうございます。ぜひ訪ねさせていただきますッ」

だが貞吉は不思議に思った。

「なぜ先生は、そんなことまで教えてくださるのですか」

研海は少し頰を緩めた。

「故郷を離れるつらさは、少しはわかっているつもりだ。私はオランダに六年いたが、向こうで苦労した。最初は医学校の勉強についていかれなくて、焦るばかりだったし、友人もできずに孤独だった」

「ならば、先生は」

さらに遠慮がちにたずねた。

「どうやって、そこから抜け出されたのですか」

「聞きたいか」

「聞きたいです」

「この話は、今まで人にしたことはないのだが」

研海は少し照れたような顔をした。

「女がいたんだ」

「オランダ人の？」

「そうだ。こんなことを言うと笑われるかもしれないが、彼女といると心が安らいだ。

そうして気持ちが落ち着いたら、いろいろな人が手助けしてくれた。というよりも彼女に出会うまでは、人の情けなど受けられるかと強がっていた。それが変わったんだ」

「その女の人とは？」

「帰国の時に別れてしまった。支えてくれたのに、そんな仕打ちをして、今も申しわけなかったと悔いている」

それから磧に顔を向けた。

「留学も楽ではないぞ。覚悟しておいた方がいい」

また貞吉に向き直って言う。

「生真面目ばかりでなく、たまには羽目を外せ」

研海は次の患者を呼び、貞吉と磧は診察室から出た。

薬局で目薬を受け取り、病院から出て堀端を歩きながら、磧が聞いた。

「沼津に行ってみるか。沼津までの路銀くらいなら、今すぐ出せるぞ。診察室に戻って、研海先生に紹介状を書いてもらうか」

貞吉は黙って首を横に振った。

「貞吉、遠慮は要らない。おまえを放り出したままドイツに行ったら、きっと僕は後悔する。だから」

「いいえ」

なおも首を横に振った。

「正直、自信がないのです。人と関わるのが怖くて」

「そうか」

磵は残念そうに言う。

「だが、おまえは、まだ十七だ。ここで自棄《やけ》になってはいけない」

貞吉は答えられなかった。

「今ここで決めなくてもいい。僕たちは明日、宿を出て長州に向かう。おまえは今夜は寄宿舎に泊めてもらえ。いくらなんでも退学当日から追い出しはしないだろう。でも明日からは寝泊まりするところもなくなるのだからな。沼津に行くかどうか、よく考えて、明日の朝、返事をくれ」

そして城下の宿屋の名を告げて、磵は立ち去った。


磵の予想に反して、その日のうちに貞吉は寄宿舎を追い出された。わずかな身のまわりの品を風呂敷に包んで、学問所の門から出た。

もう夕暮れ時で行き場もない。内堀の翡翠色が、いっそう色濃く見えた。

今から磵が教えてくれた宿屋に行って、頼三に詫びを入れるか、それとも学問所の教授方に泣きつくか。さもなくば林研海のところに押しかけるか。研海の屋敷は、病院の裏手にあるはずだった。

頼三の言葉がよみがえる。斗南から東京に出てきた若者のことを、こう話したのだ。

「糸みたいに細い伝手にしがみついて、書生の口を探して、恥も外聞もなく人の家に潜り込んで、それで勉強してるんだぞ」

会津出身の若者たちが、そうして苦労しているのなら、自分も、それにならいたい。恥も外聞もなく、頼三か教授方か林研海に、すがりつくべきだった。

だが、どこも追い払われるのは明白だった。そうなったら自分は打ちのめされて、それ以上は押せない。やはり恥も外聞もなく行動するなど、とうてい無理だった。

日没とともに、すべての城門が閉まる。その後に城内にいれば、不審な者として引き立てられかねない。しかたなく外堀の橋を渡って城下町に出た。

中町の辻《つじ》近くに鳥居があり、北西方向に賑やかな参道が伸びていた。この先に、地元の人々が「おせんげんさん」と呼ぶ、大きな浅間《せんげん》神社があることを思い出した。

夜露をしのぐ場所もあろうかと、参道を進んでみた。日が落ちても人通りの多い通りで、店先で団子や餅を焼く香りが漂う。だが金がなくて何も買えず、腹が鳴るばかりだ。

空《す》きっ腹《ばら》を抱えて歩いていくと、正面に、また鳥居があった。石灯籠に火が入り、予想以上に立派な社殿がそびえる。

広い境内をうろつき、手水場《ちょうずば》で水を飲んで空腹をごまかした。硼が買ってくれた目薬を、柄杓《ひしゃく》の水で溶かして目を洗った。

本殿の回廊の下に潜り込むと、奥に先客がいた。むしろをかぶって寝ている。家のない者がねぐらにしているのだ。風呂に入っていないらしく、ひどく臭い。

じかに地面に横たわると、温暖な静岡でも、寒さが身にしみる。たった半日で、ここまで落ちてしまうのかと、自分の境遇が信じられなかった。明日から、どうすればいいのか、心細くてたまらない。

こんな回廊の下で寝ていると、飯盛山から助けられた後、担ぎ込まれた不動堂を思い出す。

あれは喜多方の先で、会津盆地の北の外れだった。渓流沿いに平地が山に切れ込んだ、そのいちばん奥まったところに、小さな不動堂があったのだ。不動堂の裏手に滝があり、その飛沫で、いつもお堂の中が湿っていて、潜んでいるのは寒かった。

あの時、かいがいしく世話してくれたハツに、貞吉は感謝の言葉のひとつもかけなかった。潜んでいる間に、飯や薬を持ってきてくれた名も知らぬ村人たちにも、まったく感謝することはなかった。

助けてもらったことが、ありがたいと思えなかったのだ。むしろ、なぜ助けたのかと、恨むばかりだった。生きていること自体が不満だった。

その後も何人もが手を差し伸べてくれた。中でも最大の恩人が頼三だ。縁もゆかりもない自分をかくまい、金を出して学問所に入れてくれた。

自分が、どれほど甘かったかは、今の境遇を見れば、嫌でも自覚できる。でも感謝ができない。自分が生きている意味が、今もってわからないからだ。なぜ死ななかったのか。なぜ生きているのか。その嘆きを引きずり続けている。

磵は、おまえはまだ十七だと言う。だが十七から後の長い年月を、生きていく自信がない。また死にたくなる。

しかし脇差の一本も持っていない。この境内で首を吊って死んだら、きっと学問所に照会が行き、いずれ斗南の両親のもとにも知らせが届く。

それだけは嫌だった。息子が飯盛山で生き恥をかき、挙句の果てに、人生に負けて首を吊るなど、親としては耐え難いに違いない。これ以上、情けない思いは、両親にさせたくはなかった。

やはり、やり直したい。立派に立ち直った姿を、両親に見せたかった。でも今、どうしたらいいのかがわからない。思考は堂々巡りを繰り返す。

ただ、こうして腹を空かせ、寒さにふるえて初めて気づく。頼三がしてくれたことの大きさに。それに応えられなかった情けなさに。

貞吉は泣いた。女々しさを自覚しつつも、海老のように背を丸め、寒さを耐え忍びながら、ただ泣くしかなかった。

翌朝、真っ暗なうちから、教えられた宿屋の前で、貞吉は待った。詫びを入れるべきか、それとも自立を誓うべきか、まだ心は定まっていない。ただ礼は言おうと、それだけは決めてきた。

街道沿いの問屋場が、ガタガタと音を立てて引き戸を開き、馬の世話が始まって、宿場の早い朝が始まった。目の前の宿屋でも揚げ戸が上がり、中の灯が往来に影を作る。

真っ先に出てきたのが、詰め襟服の頼三だった。後ろには、昔ながらの旅姿の磵が続く。

貞吉は、ふたりの前で背筋を伸ばして立ち、深々と頭を下げた。

「今まで、ありがとうございました」

すると頼三が答えた。

「貞吉、一から出直せ。自分の足で立って、自分の手で機会をつかまなければ、おまえは前に進めない」

その言葉で即座に思い知った。もう詫びを入れても遅いのだと。今さらながら、迷っていた自分の甘さを恥じた。

磵が前に出て言う。

「おまえは心に深い傷を負って、それが膿んでしまったんだ。頼三の親元で、よくなったのに、この学問所に来て、また悪くなってしまったのだろう。でもきっと、おまえの居場所はある。おまえの力を生かせる場所が、かならずあるはずだ」

貞吉の袖を強くつかんだ。

「僕たちの渡欧は十二月だ。それまでにできることがあれば、何でも言ってくれ。東京の伊東方成先生のところに伝えれば、僕に連絡はつくから」

貞吉には何も答えられなかった。

蹄《ひづめ》の音に振り返ると、問屋場から二頭の馬が引かれてきた。片方は頼三の愛馬で、もう片方は、磵が問屋場から借りた馬らしく、馬子《まご》がくつわを引いている。

頼三は愛馬の手綱を受け取って言う。

「貞吉、おまえが本当に立ち直れたら、僕の両親に知らせてくれ。機会があれば、藩からパリに手紙を送ってくれるだろう。ただし中途半端な手紙なら要らない」

留学は短くとも四、五年だという。

「僕はパリで、その知らせを待っている。僕の両親も待っている。おまえの斗南に居る両親も、ここにいる松野磵も、皆、待っているからな」

頼三が鐙に足をかけて、貞吉は鞍にまたがろうとした時、磵が急いで小さな紙包みを差し出した。金だとわかって、貞吉は思わず手を引っ込めた。

するとと頼三が目ざとく気づいて、馬上から言った。

「磵、こいつのためを思うなら、やめろ。もう、こいつに関わらないでくれ」

磵は残念そうな顔で、紙包みをふところに戻し、もう一頭の馬に乗った。馬子がくつわを取って歩きだす。

頼三は馬の首を西に向け、振り返って言った。

「貞吉、おまえを信じているぞ」

一瞬、口元がゆがんだ。裏切られた情けなさと、捨てきれない期待とが、その表情に表れていた。

だが貞吉にはうなずけない。どんなにわずかな期待であっても、それに応えられる自信がなかった。

頼三が馬の腹を両足で軽く押すと、馬は磵の馬と並んで歩き始めた。

夜明けの薄明かりの中、二頭が遠のいていく。十字路を曲がる際に、磵が一瞬、振り向いた。だが頼三は前を向いたまま、町角の向こうに消えていった。

六　口入れ屋

その夜も空腹のまま、浅間神社の回廊下で寝た。

朝になると境内で、粥《かゆ》が振る舞われていた。焚き火の上で大鍋が湯気を上げ、神社をねぐらにしている男たちが列を作って、温かそうな椀《わん》を受け取っている。

貞吉は施しを受けるのは情けなかったが、空腹には勝てず、列の後ろに並んだ。

貞吉の番になると、もう鍋は空に近かった。宮司が鍋底の粥を、こそげ落としながら聞いた。

「あんた、おとまりさんかね」

貞吉は聞き返した。

「おとまりさんって、何ですか」

「ああ、違うんだね。まあ、今どき、おとまりさんも、いないだろうけれど」

なんとか一杯になった椀を差し出して、不思議そうに聞いた。

「なんで働かないんだね。まだ若いし、病気でもなさそうだけんが」

「働くって、何をしたらいいのか」

「口入れ屋に行ったら、いくらでも仕事はあるよ」

「口入れ屋？　それ、どこにあるんですか」

「あちこちにあるけどね、七間町《しちけんちょう》の口入れ屋が大きいよ」

「七間町って、どこですか？」

宮司は呆れ顔になった。

「何も知らないんだね。呉服町をまっすぐ行って、札の辻を曲がれば七間町だよ」

貞吉は椀と箸を受け取ると、その場に立ったまま粥をかっこんだ。空腹に温かい粥がしみわたる。

空になった椀と箸を宮司に返し、深々と頭を下げた。

「ごちそうさまでした。それと口入れ屋のこと、教えてくださって、ありがとうございます」

だが口入れ屋に行ってみて、思わずたじろいだ。浅間神社をねぐらにしているような男たちが、仕事を求めて、大勢、集まっていたのだ。

少なくとも侍の来るところではなさそうだった。こんなところに出入りしたら、斗南にいる両親が嘆きはしまいかと思った。

だが、ふと気づいた。斗南では、もっとひどい暮らしをしているかもしれないと。もう自分も両親も、体面も何もない立場なのだ。

思い切って店に入り、手代らしき男に告げた。

「働きたいんですけれど」

すると手代は貞吉の頭から足先まで、まじまじと見た。

「力はあるんかね。うちは荷運びの仕事が多いんだけんが、ほかに何かできるかね」

「読み書きはできます」

「読み書きか。そりゃ、要らねえな」

「じゃあ、馬の世話とか」

「今は馬の世話もないねえ。とにかく荷運びに出てもらうか」

その日、貞吉は街道沿いの町家で、菰《こも》かぶりの重い荷を、荷車から店の中へと運んだ。

学問所の学生に見られたらと、最初は気になったが、そんなことを気にしている余裕もなく働かされた。

夕方にはへとへとに疲れていたが、一日の駄賃を受け取るなり、浅間神社の参道に走って、焼きたての団子を買った。

大口を開けて、かじりつこうとした時に、ふと子供の頃の什《じゅう》の掟を思い出した。六番目が「戸外で物を食べてはなりませぬ」だったのだ。

だが目の前の団子の誘惑には勝てなかった。もう今朝、粥も食べてしまっている。

とにかく頬張ると、今まで食べたことがないほどうまかった。自分の働いた金で買う団子は、これほど美味《おい》しいのだと、初めて知った。

それからは毎日、口入れ屋で仕事をもらって働いた。安宿にも泊まれるようになった。気がつくと十二月に入り、街道筋の荷が増えて忙しくなった。

頼三と礀《はざま》の出発は十二月だと聞いていた。もう横浜か神戸から出航しただろうかと思う。きっと華やかな門出に違いなかった。だが、もう自分には関わりないことだと、未練を振り切った。

年が押し詰まるにつれ、いよいよ荷は増えていき、毎日、夢中で働いた。体を動かしている間は何も考えずにすむ。

わずかながらも手元に残る金もでき、ほっとして明治四年の正月を迎えた。

城下町は、どこも揚げ戸を下ろしたままで、仕事は休みだった。貞吉は久しぶりにゆっくりして、浅間神社に初詣に出かけた。

大勢の参拝客に揉まれながら、本殿前で賽銭《さいせん》を投げて両手を合わせた。

今は下積みの仕事で、体はつらくはあるけれど、斗南の人々と苦労を分かち合えるような気がして、学問所にいた頃よりも充実していた。

でも、このままでは終わらないぞと決意もできた。頼三の期待に応えられるよう、今年は一歩踏み出したかった。もう少し金が貯《た》まったら沼津に移って、藤沢次謙という人を訪ねてみようかとも夢見た。林研海から聞いた人物だ。

参拝を終えて安宿に戻ろうとした時、人混みの向こうに、学問所の学生たちの姿が見えた。貞吉は人混みに紛れ、急いで境内を後にした。

宿に戻ってみると、逃げたことが情けなくなった。こうして一生、逃げ隠れするのかと、また暗い気持ちになった。

正月二日、三日と過ぎるうちに、自分は何をしたいのかを考え始めた。

藤沢次謙を訪ねるとしても、沼津兵学校に入りたいわけではない。学校生活が苦手なだけでなく、兵学を学ぶのにも抵抗があった。いくら銃砲がないからといっても、やはり軍人を育てるための学校だ。

貞吉は、白虎隊自刃前夜の銃撃戦では、正しいことをしていると信じて、迷いなく戦った。だが長州の小杉村で、敵にも家族がいたのだと知って以来、もう引き金を引く自信がなくなった。

ずっと前に什の掟の話をした時に、頼三が言ったことも、心の底に引っかかっている。

「ならぬことはならぬは、兵士を育てる教育だ。ものを考えさせず、命令には絶対服従。だが、それでは兵士しか育たない。世の中を変えるのは会津人には無理だ」

あの時、貞吉は不愉快のあまり断言した。

「私は一生、一兵士で結構です」

もう什の掟は破っている。浅間神社の参道で団子を食べてしまったし、それ以前に境内で、立ったまま粥をかっこんだ。だいいち年長者である頼三の言うことを、まったく聞かなかった。

それでも「ならぬことはならぬものです」という締めくくりを、否定する気にはなれない。

銃を持って戦うのは無理でも、一兵士のような立場で、人の役に立つことがしたかった。だが、そんな都合のいい仕事があるとは思えない。

安宿の畳に寝転んで、節だらけの天井を見つめ、自分がやれそうなことを考えた。今までに前向きに取り組めたことがあったかと自問し、学問所の書庫で英語を読むことだけは楽しかったと思い出した。

「英語か」

むっくりと起き上がり、両腕を組んだ。

確か林研海は、江戸にあった幕府の洋書の中で、技術関係の本は沼津に運んだと話していた。その本を読ませてもらえないだろうかと思いついた。

英語自体を学ぶのではなく、測量や蒸気機関の仕組みを、原書を読んで身につけられないだろうか。

「いや、無理だ」

また、ごろりと横になった。そんな難しい分野を、独学で制覇できるはずがなかった。

そうしているうちに三が日が過ぎ、松が取れて、城下の店が開き始めた。貞吉は手持ちの金が心細くなったので、とにかく金を稼ごうと口入れ屋に出かけた。

だが手代が肩をすくめた。

「悪いっけな、この時期、仕事はねえだよ。毎年、正月明けは暇でな。俺っちも、おまんまの食い上げさ」

意外な話に、貞吉は少しうろたえた。

「暇って、いつ頃になったら、忙しくなるんですか」

「二月末まで駄目だな」

「そんなに長く?」

手代の言う通り、それからは仕事にありつけなくなった。

たちまち手持ちの金がなくなっていく。たまに仕事があっても、溜まった宿代を払うと、一銭も残らなかった。食べていくだけで精一杯で、原書を読むなど遠い夢だった。

やはり自分は、まだまだ甘いと思い知った。

春になると、城下で一番の繁華街である呉服町に、洋物屋が開店することになった。

俄然《がぜん》、口入れ屋は活気づいた。

「開店前に、どんどん品物が届くけん、景気よく運べよ。祝儀をはずんでもらえるぞ」

その言葉通り、舶来品の衣類や小物が、横浜から清水港へと船で運ばれ、それが馬の背に積まれて次々と届いた。貞吉たちが店内に運び込み、荷解きまで手伝った。

すると品物の中に、大量の古着が混じっていた。着物でも古着の売り買いは珍しくない。ただ洋服は西洋人の着古しらしく、どれも大きい。

店の主人が値段づけしているのを見て、貞吉は驚いた。なかなか高価だったのだ。ふと思いついて、自分の立て襟シャツを指差して聞いてみた。

「あのォ、このシャツ、買ってもらえませんか」

主人は値段つけの手を止めて言った。

「ちょっと着物を脱いで、見せてごらん」

貞吉は急いで小袖の前を広げて、上半身はシャツだけになった。主人は前も後ろも丁寧に見て、袖口を裏返した。

「まあ、シミはなさそうだし、このまま日本人に着られそうだね。袖口は汚れているが、シャボンを使えばきれいになりそうだ。襟はどうだね」

一番上のボタンを外されて、襟裏を見られた時には緊張した。喉の傷跡が丸見えになったのだ。

しかし店の主人は気にする様子もなく、算盤《そろばん》を弾《はじ》いてみせた。

「これで、どうだね？」

悪くない値段だった。大阪で頼三に買ってもらった時には、いくらなのか気にもしなかったが、新品だったのだから、どれほど高かったのかと、改めて驚いた。

「わかりました。買っていただくとしたら、明日、持ってきます」

「ああ、よろしく頼むよ。日本人に合う大きさが少ないもんでね。そういう古着は、ありがたいよ」

貞吉は宿に帰ると迷い始めた。

これから暖かい季節に向かうし、シャツは不要になる。だが襟で隠せなくなったら、また手ぬぐいを巻くのか。それも不自然で、かえって人目を引きそうな気がする。

だいいち本当に金が必要なのか。静岡から沼津など一日で行かれる距離で、そもそも路銀などかからない。

金が貯まったら沼津に行こうと、初詣で誓ったのは、藤沢次謙を訪ねる際には、まず髪結いで髷を結い直して身ぎれいにして、手土産のひとつも買ってと、あれこれ考えたからだ。だが、それは、一歩踏み出すのを一日延ばしにするための言い訳にすぎないと、自覚した。

明日、シャツを売りに行こうと決めた。金が必要なのではない。立て襟で傷跡を隠していること自体が、問題だと気づいたのだ。

初詣の境内で、学問所の学生を見つけて、隠れて逃げた。あれも傷跡を隠すのと同じ感覚だった。

もう逃げ隠れするのはやめよう。傷跡を人前にさらそう。人から聞かれたら、会津の出だと答えよう。白虎隊の自刃を知る者がいたら、その生き残りだと話そう。

たとえ好奇の目で見られたり、嘲笑されたりしてもいい。それは生き残った者への罰として、受け入れようと決めた。

翌朝、小袖を素肌にじかに着て、シャツを洋物屋に売りに行った。店の主人は喜んで引き取ってくれた。

その金を持って髪結いに立ち寄り、貞吉は店の女将《おかみ》に聞いた。

「髷を切ってもらえるか」

「ザンギリにするんですか。いいですよ。もう何人もバッサリやってますから。あたし、髷を落とした後の散髪も、上手《うま》いんですよ」

女将は手ぬぐいを貞吉の襟元に広げて、すぐに傷跡に気づいた。

「あら、怪我したんですか」

貞吉は小さく息を吸ってから答えた。

「死に損なったんだ」

女将は目を丸くした。

「それは難儀しましたね。でも生きてて、よかったですね」

「まあ、そうだな」

思わず目を伏せた。生きていてよかったとは、まだ思えない。

「じゃ、切りますよ」

女将は髷をつかむと、元結《もとゆい》の付け根に、ちょんちょんと鋏《はさみ》を入れ始めた。たちまち髪がざんばらになっていき、髷が頭から離れた。

それから女将は櫛《くし》で全体をなでつけ、鬢《びん》の辺りの髪は耳にかけてから、襟足を手際よく切り揃えていった。

「はい、出来上がり」

鋏を置いて鏡を差し出した。鏡は曇っていて、よく見えないが、手で触れてみると、髷のない頭は奇妙だった。

「旦那は男前だけん、よく似合いますよ。これじゃ、町娘たちが放っておかないね。あたしだって惚《ほ》れちゃいそうだよ」

髪結いから通りに出てみると、なんとはなしに世界が変わったように見えた。

そして口入れ屋に挨拶に寄った。

「お世話になりました。今日、沼津に行くことにしました」

帳場にいた手代が褒めてくれた。

「お、ザンギリにしたな。なかなか似合ってるぞ」

貞吉は面映《おもはゆ》い思いがした。手代は、わざわざ帳場から出てきて聞いた。

「沼津で、働き口は決まってるんかね」

「まるで当てがないわけではないのですが、どうなるかは」

「まあ、駄目だったら、また口入れ屋に行くんだな。おまえさんなら、どこでも雇ってもらえるら。真面目だし、だいいち礼儀ってもんを心得てる」

軽く背中をたたかれた。貞吉は一礼して店を出て、街道を東に向かって歩き出した。


沼津は長い間、水野家という有力な譜代大名の領地だった。家禄は五万石で、譜代としては大藩だったが、城は会津や駿府の城よりも、ずっとこぢんまりとしていた。

幕府崩壊後に、徳川家が駿河遠江に移封になると、それに押し出される形で、水野家は上総《かずさ》に移っていた。

沼津兵学校も静岡学問所同様、城内に設けられていた。違うのは門だった。

駿府城は外堀の門と、学問所の門、両方に番士が立ち、出入りが厳しく制限されていた。しかし沼津は城門が大きく開け放たれて、武家も町人も出入りし放題だったのだ。

貞吉が二の丸御門から入ってみると、中は静まり返っていた。だが、すぐに大太鼓の音が鳴り響き、いっせいに建物から生徒たちが飛び出してきた。とたんに騒がしくなる。

貞吉と同年代か、もっと年下が多い。

貞吉は、萎えそうになる気持ちを奮い立たせて、ひとりをつかまえて聞いた。

「藤沢さまのお屋敷は、どこですか」

相手は気軽に教えてくれた。

「この学校の裏手だよ」

それからも人にたずねながら、なんとか屋敷にたどり着いた。ここも門が開け放たれており、そのまま玄関まで素通りだった。

応対に出てきた奉公人に、主人への面会を請うと、まだ兵学校から帰っていないという。貞吉は門の外で待つことにした。

待っていると緊張が高まり、胸の鼓動が聞こえ始めた。

ここまで、よく考えもせずに来てしまったが、林研海から評判を聞いただけで押しかけるなど、身のほど知らずに思えてきた。どうせ図々しいなら、静岡で研海に紹介状でも書いてもらってくればよかったと、悔やまれてならない。

その時、門に近づいてくる人影があった。詰め襟服姿だが、供も連れず、ひとりで歩いてくる。見たところ三十代の半ばで、藤沢にしては若すぎる。

貞吉は脇によけた。男が門に入っていこうとした時、一瞬、目が合った。人のよさそうな丸顔だが、どことなく並みの人物ではなさそうな気もして、思い切って声をかけた。

「失礼ですが、藤沢さまでいらっしゃいますか」

男は足を止めた。

「いかにも、藤沢だが」

貞吉は藤沢を、年配の男だと思いこんでいたが、これほど若くして江戸開城の采配を振ったとは意外だった。

いきなり、その場に正座し、両手を前について言った。

「会津藩出身の飯沼貞吉と申します。藤沢さまのお名前は、静岡病院の林研海先生から教えていただきました。どうか、お屋敷に置いていただけませんでしょうか」

藤沢は立ち上がるように促した。

「悪いが、うちは書生は置かないことにしている」

「下男として使っていただいてけっこうです。薪割りでも水汲みでも致します」

「まあ、とにかく立ち上がれ。中で話を聞こう」

貞吉は天にも昇る心地がした。書生は置かないと聞いて、てっきり門前払いだと覚悟したのだ。

屋敷の中は閑散としていた。最初に玄関に出てきた奉公人以外、人がいないらしい。書生を置かないというのは本当のようだった。

しばらく座敷で待たされたが、藤沢が着流しに着替えて、奥から出てきた。そして床の間を背にして、座った。

「会津の飯沼貞吉と申したな」

「さようでございます」

「去年、林研海から頼まれた。訪ねてきたら、相談に乗ってやってくれと」

貞吉は驚いた。研海が、そこまで親切にしてくれるとは、思いもよらなかった。

藤沢は懐手をして聞いた。

「研海は、そなたには何か事情がありそうだと申していたが、まずは話を聞かせてくれぬか」

いざとなると貞吉の心に、かすかにためらいが生じた。うつむき加減で口ごもっていると、藤沢が言った。

「打ち明けられないような事情があるのか」

貞吉は顔を上げて、きっぱりと否定した。

「そのようなことはありません。以前は恥と思いこんでいた時期もありますが、そんな思いは、もう捨てました。ただ、自分の来し方を売りものにして、同情を引くような真似はしたくはないのです」

「同情するかどうかは、こちらの勝手だ。家に置いてくれという者が、どこの誰で、どんな事情で、ここに来たのか、わからなければ、話が始まらんだろう」

貞吉は納得した。そして生い立ちから話し始めた。

「私は会津藩の物頭役、飯沼時衛一正の次男として、会津城下で生まれ育ちました。戊辰戦争の際に、父は朱雀《すざく》隊の中隊長として出陣し、その後、青龍《せいりゅう》一番寄合組の中隊長に替わりました」

もう二年半も封印してきたことだが、話しているうちに、忘れていた誇りがよみがえる。

ただ白虎隊の話に入ると、気持ちが高ぶって何度も言葉が詰まった。それでも藤沢は黙って、次の言葉を待ってくれた。

「心ならずとも助けられ、東京の護国寺に送られました」

そこで今度は長州藩の楢崎頼三と、医者の修業中だった松野礀に拾われ、長州の山里で二年近く潜伏していたことも、包み隠さずに話した。

「それから静岡学問所に参りましたが、自分の経歴を恥じて、人との関わりに背を向けてしまいました。退学後、わずかな期間ではありますが、自活してみて、このままではいけないと思い至り、ここにお邪魔した次第です」

「なるほど」

藤沢は煙草盆《たばこぼん》を引き寄せ、煙管《きせる》に刻み煙草を詰めながら聞いた。

「事情はわかった。それで何をしたい？　兵学校は嫌なのであろう」

「身勝手ばかり申しまして恐縮ですが、英語の技術書が沼津にあると、林研海先生から伺いました。とりあえず、それを読ませていただければ幸いです。その中から、私ができることを探したいと思っています」

「うちの書生になって、書庫に出入りしたいということか」

「書生も下男も無理なら、書庫に出入りさせていただくだけで充分です」

「寝泊まりは、どうする？」

「どこか城下の安宿でも探します」

「金は？」

「口入れ屋から日雇いの仕事をもらいます。静岡でも、そうしていました」

藤沢は煙草に火をつけて、しばらく煙管の先端を見つめていた。

「働きながらでは、ろくに本は読めぬであろう。うちに居ればよい。書庫に出入りできるように、兵学校の方に話はしておく」

貞吉は耳を疑った。

「誠《まこと》でございますか」

藤沢は初めて頰を緩めた。

「嘘は言わん」

「でも、でも」

突然の展開に戸惑って聞いた。

「なぜ、そこまでしていただけるのですか」

「書生を置かないのは、兵学校の学生の寄宿舎として御長屋《おながや》があるからだ。ただ、そなたは大勢の暮らしは向かないようだし、うちの方が気楽だろう」

「でも藤沢さまだけでなく、林研海先生も、なぜそこまで」

なおも納得がいかないが、混乱して、うまく説明できない。

すると藤沢は、もう一服してから、煙管の頭を煙草盆の灰受けにたたきつけて、灰を落とした。

「なぜ林研海も私も、そこまでするのか、疑問か」

貞吉は小刻みにうなずいた。

「それは、会津藩を助けられなかったという悔いがあるからだ。会津を見捨てた後ろめたさというか」

徳川家は会津藩を犠牲にして生き残ったのだと、少し自嘲的に言った。

「どこの藩でも、何か失態があった時に、家老に詰め腹を切らせて、御家安泰を図ることが、よくあるだろう」

「確かに会津でも戊辰戦争の直前に、そのようなことがありました。実現はしませんでしたが、仙台藩が仲立ちに立ってくれて、重臣二、三人の首を差し出せば、丸く治めるという話だったと聞いています」

だが結局、新政府軍の参謀だった長州藩士が猛反対して、仙台藩の仲立ち交渉は決裂したのだ。

「その話は、私も聞いている。徳川家としても、なんとかしてやりたかったが、自分たちの移封で手いっぱいだった。というよりも」

藤沢は同じ言葉を重ねた。

「というよりもだな、幕府は会津藩を、そんな家老に見立てて詰め腹を切らせ、徳川家安泰を図ったのだ」

貞吉には驚くべき見解だった。

灰受けから、ひと筋の煙が立ちのぼる。さっきの灰が、まだ消えていなかったらしい。

藤沢は煙管の頭で、灰受けに残っていた火を押し消した。

「詰め腹を切る家老は、この上なき忠臣だ。会津藩は幕府にとって、最後まで忠臣であることを貫いたのだ」

「では、わが殿は、松平容保《かたもり》公は、藩として詰め腹を切れと、幕府から命じられたのですか」

「いや、そこまではしていない。だが暗黙の了解で、容保どのは新政府側の挑発を、あえて受けて立ったのだと思う」

徳川将軍家に絶対的な忠誠を誓う会津藩だからこそ、みずからに課せられた使命を理解し、詰め腹を切る覚悟を決めたのだろうという。

貞吉は別の説を聞いたことがある。あの時、幕府が本気で戦えば、新政府側は大きな痛手をこうむる。そのために幕府との対戦は避け、いったん振り上げた拳を、会津藩に向けて振り下ろしたのだという。

とにかく誰かが責任をかぶる形を取らなければ、新政府側の勢いは、収まりがつかなかったことは、想像に難くない。

だが会津藩主だった松平容保の真意を、貞吉には推し量ることはできなかった。

「会って早々に重い話をしたな」

藤沢は煙管を煙草盆に戻して、声の調子を上げた。

「そんな悔いのために、そなたは情けを受けたくはないかもしれない。だが戦争は、さまざまな傷跡を残す。そなたも、ひとりで大きな傷を背負って、ここまで来たのだろう。ならば、それを助けたいと思う」

そして唐突に話題を変えた。

「この先、新政府は、武士という身分をなくそうとしている」

また驚くべき話だった。

「本当ですか」

「本当だ。そもそも武士とは、その言葉通り、武張ったことをするのが仕事だ。日頃から体を鍛えて剣術や槍術を身につけ、合戦になったら駆けつけて戦うのが、本来の役割だった」

しかし性能のいい銃砲が出現したために、少し訓練するだけで誰でも戦えるようになった。

「むしろ武士は誇りばかり高くて、歩兵として使いにくい。だから長州藩では奇兵隊ができたし、幕府でも農家の次男三男を徴用して、農兵による洋式陸軍を組織したのだ」

藤沢自身が農兵制度を推し進めた第一人者だという。

「その時点で、武士の存在意義はなくなった。今後も徴兵制は進み、いよいよ武士は無用の長物に成り下がる。そのために新政府は、近いうちに藩という枠組みをなくすはずだ。日本中の武士が大名家の家臣ではなく、帝《みかど》の家来になるのだ」

それにともない、今まで大名が払っていた家禄は、新政府が支払うことになる。しかし新政府は、いつまでも無駄金を払い続ける気はなく、段階を追って家禄という特権を、武士階級から奪い取るという。

貞吉は信じがたい思いで聞いた。

「でも、そうしたら日本中の武家は、どうやって食べていけばいいのですか」

「畑を耕すか、商売に精を出すか、海で漁に出るかだろう」

「そんなこと、できるはずが」

「いや、斗南の人々は、もうやっている。これからは斗南だけでなく、すべての武士が藩という拠《よ》りどころを失い、自分で暮らしを立てていかねばならなくなる」

その時に備えて藤沢は、これからの若者たちを育てているという。

「彼らが誇り高く生きていけるように、新しい技術を身につけさせたい。そのために私は、この地に兵学校を開いたのだ。手を差し伸べたいと思う若者は、そなたひとりではない。だから遠慮は要らぬ」

そして話を打ち切った。

「とりあえず、今夜は、うちに泊まれ。納得がいくまで、いくらでも居てかまわない。書庫の件も話を通しておく。もし兵学校に通いたくなれば手配するし、逆に、うちから出ていってもいい。好きにせよ」

貞吉は茫然とした。願ってもない話なのに、手放しに喜べない。やはり同情をかけられるのは抵抗がある。まして世話になるのは、会津に犠牲を強いて、生き残った幕府の旗本なのだ。

そもそも書生という存在は、篤志家の同情の上に成り立っている。だが、いざ自分の身となると、腰が引けてしまう。それどころか、ここに居ていいのかという疑問が、心に重くのしかかっていた。

翌日、兵学校の書庫に入って、技術書の充実ぶりに目を見張った。フランス語の原書が圧倒的だったが、英語も何段にもわたって書棚に並んでいる。一冊、手に取るだけでも胸が高鳴った。

静岡学問所と同様、英和辞典もドゥーフ・ハルマも、輸入書の英蘭辞典もある。仏蘭辞典もあり、その気になればフランス語の原書も読めそうな気がした。

英語の書物は海軍関係が多く、フランス語は陸軍だった。島国のイギリスは海軍、フランスはナポレオン以来、陸軍が優れているのだと理解できた。

「だから楢崎さんはパリに行ったのか」

今頃、パリの兵学校にでも通っているのだろうかと、思いを馳《は》せた。松野礀はドイツの医学校か。

ようやく留学が羨ましいと思えた。今までは自分には関わりのない、遠い世界のこととしか思えなかったのだ。でも書物だけでも、これほどわくわくするのだから、現地に行ったら、どれほどかと思う。

翌朝、出かける前に薪割りや水汲みを片づけてしまおうとすると、たったひとりの奉公人から止められた。

「させてはいけないと、ご主人さまから、きつく命じられています。私が叱られますので」

そこで早々に書庫に出かけ、洋書を読みふけった。そうなると充実感が生じ、藤沢の屋敷から出ていくことは考えられなくなった。

兵学校の学生が書庫に入ってくる時間には、さりげなく外に出た。静岡の城下町で働いていた時には、人と関わらざるを得なかったが、やはり武家の若者とは、できれば距離を置きたかった。

五日もすると、藤沢から晩酌の席に呼ばれた。

「書庫で何を読んでいる？」

貞吉のためにも膳が用意されており、差し向かいで酌をした。

「造船の本を読んでいます」

「面白いか」

「おかげさまで、とても面白いです」

藤沢は酒をひとすすりして言った。

「造船に興味があるなら、横須賀の造船所で、設計部に弟子入りするという手もあるぞ」

横須賀には旧幕府が建築に着手し、新政府が完成させた大造船所があるという。

「これからは各地に造船所も増えるだろうし、造船技師は、いくらでも必要になる」

貞吉は首を横に振った。

「蒸気船の建造そのものは興味深いのですが、大勢の作業は無理かもしれません」

かつて頼三に何か勧められるたびに、貞吉は自信がないままに嫌とも言えず、中途半端に受け入れて、結局、うまくいかなかった。その癖を改め、できそうにないことはできないと、はっきり断ることにした。

「そうか」

藤沢は特に気を悪くした様子もなく、盃《さかずき》を前に置いた。

「なるほど、少人数の作業がいいか」

そして今度は手酌で飲んだ。

「まあ、急ぐこともないが、次は測量の本を読んでみるといい」

造船の本を読み終えると、言われた通り、測量の本を開いた。

測量は船が外洋に出た際に、星や太陽の位置を頼りに、現在地を算出できる技術だった。陸上では治水事業や鉄道や橋の施設など、もっぱら土木工事に用いられていた。

測る作業自体は、二、三人で組めば進められるが、大人数の土木工事に関わらないわけにはいかない。ただ、線路や橋が完成すれば、また別の場所に移動していく仕事だという点には、魅力を感じた。

貞吉は人に聞かれれば、白虎隊の生き残りだと話す覚悟はできているが、いちいち説明するのは、やはり面倒だった。土地にしがらみが生じないうちに去っていくのも、自分に向いている気がした。

さらに洋書を読んでいるうちに、西洋から取り入れるべき技術が、まだまだあることに気づいた。

製鉄、炭鉱、ガス、気象予報、活字印刷、造幣、郵便、機械製糸、石鹸《せっけん》製造などだ。農業では酪農や葡萄酒《ぶどうしゅ》づくりの解説書まで、さまざまな分野の専門書が、書庫には置かれていた。


藤沢は先駆的な考えの持ち主だったが、屋敷の表と奥の区別は、昔ながらの旗本屋敷らしく、きちんとしていた。

そのため貞吉が藤沢の家族と親しく交わることはなかった。その代わり、ときどき藤沢が表座敷に膳を運ばせ、貞吉に晩酌の相手をさせた。

また、兵学校は西洋の週休制を取っており、七日にいちど休日がある。その日は書庫が学生で一杯になるため、貞吉は出かけなかった。すると藤沢が着流し姿で散歩に誘ってくれた。

沼津の海岸には、千本松原という松の防風林が長く続いている。それに沿って歩くのが、藤沢は好きだった。

駿河湾の波は沖から高々と盛り上がり、浜に向かって打ち寄せる。そして引く際に、次に押し寄せる波とぶつかって、白く泡立つ。それが果てしなく繰り返される。海のない会津で生まれ育った貞吉には、雄大な眺めだった。

枯れ松葉の散らばる砂地を歩きながら、藤沢は三年前の静岡移住の話をした。

「あの時は、とことん大変だった。わずか三ヶ月で、江戸城と旧幕臣の屋敷を明け渡せと、新政府側から命じられたのだからな」

まず江戸に残って自活していく者を募り、移住したいという者とを分けて、人数を把握した。それだけでも膨大な作業だったという。

「結局、家族や奉公人を含めたら、移住者は十万人だった。それが駿河遠江と三河の一部に、一挙に押し寄せたのだ」

外国の大型蒸気船を借りて、品川沖から清水港まで何度も往復して、移住者を運んだ。

「移住の際に、いちばん何に困ったと思う？」

「米ですか」

「いいや、米は十万人が、しばらく食いつなげるほどは用意した。沢庵《たくあん》は、あっという間になくなったが、本当に困ったのは食べる方ではない。出す方だ」

「出す方？」

「糞《くそ》だ。汲み取りが間に合わなくなって、厠《かわや》が溢《あふ》れたんだ。もう、どこもかしこも臭かった」

それまで二、三万人しか暮らしていなかった地域に、十万人もが押し寄せたために、生活基盤に大混乱が生じたという。

「寝泊まりは、どうしたんですか」

「寺やら農家やら、屋根のあるところなら、どこでも借りて押し込んだ。だから移住してきた者は、おとまりさんと呼ばれたんだ。最初は気の毒がって、そう呼んでいたが、しだいに蔑みの言葉になった」

貞吉は浅間神社で粥をもらった際に、おとまりさんかと聞かれた。あれは、そういう意味だったのかと、ようやく合点した。

「百姓や町人に馬鹿にされるくらいなら、死んだ方がましだったと嘆く者も大勢いた。そんな文句を聞くたびに、俺の苦労は何だったのかと腹立たしかった」

藤沢は足元の松笠を軽く蹴った。

「そもそも百姓よりも、侍の方が上等だなんていうのは勘違いだ。高禄の旗本の奥方も若君も、食うもの食って、出すもの出して、みんな同じなんだ」

藤沢は立ち止まって、今度は松笠を拾い上げ、手の上で転がし始めた。

「違うのは、努力するやつと、しないやつということだけだ」

松笠をつかんで、貞吉を振り返った。

「おまえは努力する方になれ」

貞吉はうなずきながら、ふと什の掟について、藤沢に聞いてみたくなった。

「楢崎頼三という長州人に言われたことがあります。ならぬものはならぬという教えは、ものを考えさせず、兵士を育てる教育だと。その時、私は思わず言い返しました。それなら私は、生涯、一兵士でいいと」

藤沢は松笠を手に持ったまま、ふたたび歩き出した。

「なるほど」

丸顔を少し傾げた。

「確かに、そうかもしれない。兵士は何も考えずに、上官に従うものだ。もし命を捨てろと命じられたら、それに従う。兵士が、あれこれ考えて命を惜しんでいたら、戦争に負ける。だから無条件な服従も、世の中に必要な教育だ」

手に持っていた松笠を海に向かって放り投げた。松笠は波打ち際に落ちて、白い波の中に紛れていく。

「ただ、今までに会津人と話していて、違和感を覚えることが何度かあった」

「どんなことにですか」

「死を美化しすぎる点だ。絶対服従は必要ではあるが、上に立つ者が部下の命を軽んじるのは危険だ。それも亡国につながる」

「ならば、死を美化しすぎたから、会津藩は亡国に向かったということですか」

藤沢は歩きながら、また丸顔を傾げた。

「いや、やはり幕府の忠臣として、詰め腹を切ったのだと思う。それも死を美化しすぎた結果だと言えば、そう言えぬこともないが」

そして深い溜息をついてから言葉を続けた。

「だが、おまえならわかるだろう。死んだ者たちよりも、生き残った者の方が、はるかにつらいということを。美しいのは死ではなく、生き残ったつらさを乗り越える力だと、私は思っている」

藤沢は、ふいに立ち止まって言った。

「貞吉、これだけは覚えておけ。軍の備えは必要だが、死を美化して戦争に突き進むのではなく、これからは武力を背景にして、話し合いで争いを解決すべきだ」

同じことを楢崎頼三から指摘されたとしたら、たちまち反発したに違いない。白虎隊の潔い死を否定するのかと。

だが藤沢は幕府陸軍の頂点に立った人物であり、その言葉には重みがあった。

それにしても、どうしてあれほど頼三に反発したのか。今になってみると、わからなくなる。

貞吉は長州の楢崎家でも、静岡の口入れ屋でも、礼儀正しいと褒められた。なのに、あれほど世話になった頼三には、長い間、礼のひとつも言えなかった。

静岡で別れた時の頼三の表情を思い出す。裏切られた情けなさと、捨てきれない期待とで、ゆがんだ口元。申し訳なかったという思いが湧く。

その時、藤沢が北の空を指差した。

「見てみろ。富士山がきれいだ」

振り返ると、緑の松林の向こうに青空が広がり、雄大な富士がそびえていた。

静岡からも見えたはずなのに、眺めた記憶がない。ようやく富士山を愛《め》でる余裕が持てた気はするが、まだまだ過去は重く、先は見えてはこなかった。


明治五年の正月を沼津で迎え、貞吉は十九歳になった。すると藤沢から改まって座敷に呼ばれた。

「貞吉、この三月に、兵学校が東京に移ることになった。私も、いつまでも沼津にはいられなくなるし、おまえの先行きを、そろそろ決めねばならん」

ここのところ、兵学校の先進的な取り組みが、新政府から妬まれていた。新政府の兵学校である東京の兵学寮のはるか上を行く教育内容だったのだ。

このまま放っておくと、将来的に徳川家が力を盛り返すと見なされて、教授方が次々と引き抜かれた。

また藤沢は兵学校の運営資金を得るために、中古の蒸気船を手に入れ、清水と横浜の間に就航させて、駿河茶など輸出品の輸送を行っていた。一種の廻船業《かいせんぎょう》だったが、これはみごとに軌道に乗った。同時に、旧幕臣による大規模な茶園開拓も進んで、将来の展望が開け始めていた。

だが、これも徳川家が力を盛り返す要素と見なされた。廻船業など武家として好ましくないなどと文句をつけられて、新政府につぶされてしまった。

挙句の果てに去年七月には、廃藩置県が断行された。その結果、藩校である静岡学問所も沼津兵学校も、母体を失って存続できなくなったのだ。

以来、兵学校は、東京の兵学寮の沼津分校という扱いになった。だが、とうとうこの三月には分校も閉鎖されることになり、残っている教授方や学生たちは、東京の兵学寮に移るという。

貞吉は心配になって聞いた。

「藤沢さまは、東京で何をなさるのですか」

藤沢は教授方ではなく、事務方を務めてきており、そのまま移行できるか危うい気がした。

「まあ、政府の陸軍で、お役目をいただければと思っているが、まだわからん。それより、おまえのことだが、電信の仕事はどうだ？」

半紙の書付を差し出した。

「東京に電信修技場という訓練所ができるそうだ。電信の通信士を育てるところで、入るのに試験はあるが、おまえなら大丈夫だろう。そこで半年ほど修業して、一定の成績を修めれば、工部省で電信の仕事につける」

貞吉は書付を受け取った。そこには修技場の説明や、通信士になるための条件などが記されていた。

かねてより電信は興味を持っていた分野ではあった。だが電柱を立てて電線を延ばしていくのは、やはり大人数の作業であり、自分には向かない気もしていた。

ところが書付を読んでみて、藤沢が勧めてくれる理由が理解できた。

修技場で育てる通信士というのは、各地の電信局に配され、小さな通信機を操作して、ひとりで発信と受信を行うのだという。電文に間違いがあってはならないので、緻密で真面目な性格が求められており、貞吉に打ってつけだった。

それに今は藤沢自身の先行きも決まっておらず、いつまでも世話になるわけにはいかなかった。承諾しようとした時、藤沢が思いがけないことを言った。

「ひとりの通信士は、何百人、いや何千人の兵士よりも、意義のある働きをすると思う。通信で情報を先んじて、それによって戦争を避けるのだ」

貞吉が生涯、一兵士でいいと話したのを、気にかけてくれていたらしい。

確かに一通信士という立場は、まさに求めていたものに思えた。そこで両手を前に揃えて、頭を下げた。

「電信修技場を、ぜひ受験させてください。よろしく、お願いします」

七　ふたつの故郷

電信修技場の開所式には、伊藤博文《ひろぶみ》という元長州藩士が、工部省の代表として挨拶に立った。

「すでに長崎は電信で世界とつながっている。去年、デンマークの電信会社が、長崎と上海、長崎とウラジオストックの間を、海底ケーブルで結んだのだ」

伊藤は貞吉たち研修生の前に、大きな世界地図を広げた。

「今や電信網は世界中に伸びている。僕は去年、岩倉具視《いわくらともみ》公の大使節団に加わって洋行した。その時、至急の連絡があったので、ワシントンから電信を送った。後からわかったことだが、その電文は、わずか五時間後には長崎に伝わったそうだ」

ワシントンから大西洋、ヨーロッパを経てインド、東南アジア、上海、そして日本と、伊藤は地図を指でなぞった。

「だが長崎から東京まで三日もかかった。アメリカから長崎までが五時間なのに、この短い距離が三日だぞ」

小さな日本列島を指先でたたいた。

「長崎と東京のやり取りは、今も蒸気船で数日はかかる。悪天候で船が出せなかったら、陸路で、なお手間取る」

海底ケーブルは水圧に耐えるものが開発されており、船で海底に垂らしていけば設置できる。だが陸上には峠もあれば、深い谷もある。そこに電柱を立てて、電線を張っていくのは大事業だった。

伊藤の言葉に熱がこもり始めた。

「東京と長崎の間の電信を、これから二年で開通させたい。そうすれば東京から六時間足らずで、地球の裏側まで電文が届くのだ。夢のように思えるかもしれんが、これは君たちこそが実現できる話なのだぞ」

貞吉のみならず、聞いていた全員が、話に引き込まれていた。

すると伊藤は口調を変え、自分自身の生い立ちを語り始めた。

「もともと僕は長州の貧乏百姓の子だった。六つの時に父親が田畑を失って、しばらくは人の家に厄介になって育った」

父親は萩に出て、武家の下働きとして懸命に働き、なんとか足軽の身分を得たという。

「その間、どんなに貧しくても、父は僕を手習いの塾に通わせてくれた。その下地があったからこそ、十七歳の時に、吉田松陰先生の松下村塾《しょうかそんじゅく》に入れたのだ」

貞吉は驚いた。松下村塾や吉田松陰の名は、楢崎頼三から聞いたことがある。その弟子が工部省の上司になろうとは、思いもかけなかった。

さらに伊藤は語り続けた。

「僕は身分が低かったから、遠慮して建物の中に入らずに、庭先で先生の話を立ち聞きした。でも先生は身分で区別をしなかった。僕のような者が活躍できる世の中に変えるために、立ち上がれと励ましてくれたんだ」

その後、安政の大獄で吉田松陰が斬首され、伊藤は遺骸の引き取りに出向いたという。

「あの時は、どん底だった。僕たちは完敗したのだと思った。あまりに強大な幕府の前に、気持ちが萎えそうにもなったが、このままで終わるかという気概もあった」

その後、伊藤はイギリスに留学した。幕府には届けず、長州藩から密かに五人が洋行したのだ。そしてイギリスの工業力に圧倒されて帰国したという。

「二十五歳の時には、松下村塾で知り合った高杉晋作とともに、奇兵隊を率いて起《た》った。大田絵堂の戦いで藩の正規軍を破って、そこから勢いに乗ったのだ」

貞吉は、なおさら驚いた。高杉晋作や大田絵堂の戦いについては、松野礀《はざま》からも頼三からも聞いていた。

「戊辰戦争の最中には、語学力を買われて外交交渉に駆り出されて、従軍はしなかった。御一新以降は、僕は日本の工業化を目指してきた。日本をイギリスのようにしたいのだ。

なかなか理解が得られずに苦労したものの、去年八月、鉄道や製鉄、造船、鉱山などを掌握する省として開設された。だが伊藤は結局、省の頂点である工部卿《こうぶきょう》には、なれなかったという。

「それは僕が百姓の出だからかもしれない。まだまだ身分の壁は大きい。でも僕は負けない。どん底から這い上がって来られたのだから、これからも高みを目指す。日本を豊かな国にするために、僕は力を尽くすつもりだ」

伊藤は研修生たちを見まわして、さらに言葉に力を込めた。

「君たちの中には戊辰戦争の負け組もいるだろう。だが今からが勝負どころだ。僕を見ろ。負けたままでいることはないのだぞ」

貞吉は、すごい人物だと感じ入った。自分の貧しい生い立ちや、どん底に陥ったことを恥じず、むしろ逆手に取って人の気持ちを引きつける。人のやる気を引き出すのだ。

藤沢次謙とも共通する部分はあるが、藤沢は今も逆境にいる。だが伊藤は上り調子だ。従軍はしなかったとはいえ、敵対した長州藩の出なのに、この人について行きたいと思わせる力に溢れていた。

修技場の講義は、今までの日本での通信の流れから、説明が始まった。

最初に電信の開発に着手したのは、九州の佐賀藩だったという。長崎に近く、長年にわたって幕府から長崎港の警備を命じられてきたために、西洋文化の取り入れに前向きだったのだ。

開発に着手した直後に、ペリーが来航して、幕府への手土産として通信機を置いていった。

その後は、吉田松陰の師だった佐久間象山《しょうざん》が、蘭書を参考に通信機を試作して、短い距離ながらも通信実験を成功させた。

また、幕末にオランダに留学した榎本武揚も、帰国の際に通信機を持ち帰ったという。

明治になると、お雇い外国人の指導を受け、明治二年に横浜と東京、明治三年には神戸と大阪が電信で結ばれた。

さらに伊藤博文が話した通り、明治四年六月には長崎上海間、九月には長崎ウラジオストック間が開通したのだった。

今や横浜と大阪、神戸と長崎という長距離の開通が、早急に求められていた。街道沿いに電柱を立てて、送信用と受信用、二本の電線を張っていく必要があった。

近年、世界中で電信網が急激に発達したのには、通信機の改良が大きく関わっていた。

東京横浜間で最初に使われた通信機は、電気の力を使って円形の目盛板上で針を動かし、その振れ具合で言葉を伝えた。

しかし近年、モールス式の通信機が世界的に普及して、操作が格段に楽になっていた。電信修技場では、その操作方法を、来日したばかりのウィリアム・ヘンリー・ストーンというイギリス人が、直接、貞吉たちに教えた。

通信機は両手で抱えられるほどの大きさだった。発信の際には、キーと呼ぶ部分を指でたたいて操作する。キーが台座に接触している間だけ電流が流れ、それが符号として送信される仕組みだった。

トンと短くたたく時と、ツーと長く押す時があり、長短二種類を、さまざまに組み合わせて、アルファベットを表現するのだ。

受信の場合は、巻き取ってある紙テープを、ぜんまいで回転させると、そこに長短の符号が印字されていく。それを解読し、アルファベットをローマ字読みして、さらに日本語の電文に書き換えるまでが、通信士の仕事だった。

ストーンの講義には通詞がついたが、訳語がない専門用語には、まごつくことがあった。貞吉は英語の聞き取りはできないが、洋書を読んでいたために見当がつきやすく、遠慮がちに助言をした。

思えば静岡学問所では、旧幕臣たちの新政府など何するものぞという気概が強く、熱気が渦巻いていた。貞吉は、そんな勢いについて行かれなかったのだ。

電信修技場には全国各地から若者が集まっており、中には静岡学問所の出身者もいた。

ただ貞吉と同様、物静かで、生真面目な性格の者が多かった。

そのため当初は、たがいに会話も弾まなかった。しかし受講が続くうちに、ぽつりぽつりと言葉を交わすようになった。かといって踏み込みすぎることもなく、誰も貞吉の首の傷跡のことなど聞かない。それでいて、そこはかとなく気心は知れていく。

貞吉は白虎隊以来、初めて仲間と呼べる者に出会った気がした。

貞吉は抜群の成績で半年の修業を終え、最初は通信士見習いとして、工部省電信寮という役所に出仕が決まった。

すでに藤沢次謙も東京に出てきており、貞吉は出仕の辞令を携え、心弾ませて両国の住まいまで報告に行った。

だが行ってみて、思わずたじろいだ。藤沢は長屋住まいだったのだ。武家長屋ではあるものの、沼津での屋敷住まいとは雲泥の差で、不憫《ふびん》ですらあった。

しかし藤沢は気さくで、貞吉を毛羽立った畳の部屋に上げた。

「今のところ、こんな暮らしぶりだが、まあ、何でも器用にこなす方なのでな。そのうち新政府でも重宝がってもらえるだろう。で、おまえの方は、電信の修業は終わったのか」

貞吉としては、自慢げに見せつけるようでためらわれたが、何度も促されて、ようやく懐から袱紗《ふくさ》包みを取り出し、辞令を開いて見せた。

「おお、任官が決まったかッ」

たちまち満面の笑顔になる。

「工部省の電信寮か。よかったな、よかった」

藤沢の目が潤み始め、貞吉は恐縮して言った。

「藤沢さまのおかげです。風来坊のようだった私を拾ってくださって」

「なんのなんの。大したことはしておらん」

辞令を手に取って、まじまじと見つめた。

「よかったな、本当によかった」

自分が不遇なのに、僻《ひが》むこともなく、心から喜んでいるのが伝わってくる。

「そんなふうに喜んでいただけて、私も嬉しいです」

「そうか。兵学校が閉校になってからというもの、腹の立つことばかりだが、こうして若い者の道が開けるのは、何より嬉しい」

時々、兵学校の卒業生でも、任官が決まったと報告に来る者がいて、それだけが今の楽しみだという。

「給金が入ったら、斗南の親のところに、送金してやれよ」

貞吉はうなずけなかった。

「どうした？　何か気に入らんのか」

「いえ」

貞吉は正直に胸の内を明かした。

「苦労している親に、偉そうに金を送って、受け取ってもらえるかどうか」

すると藤沢は笑い飛ばした。

「馬鹿、偉そうも何も、苦労している親に恩返しするのが、子としての務めではないか」

「ですが、飯盛山で生き残ったことで、見捨てられたも同然ですので」

「貞吉、よく聞け」

藤沢は真顔になって身を乗り出した。

「会津の人々が最果ての地に入植して、かれこれ三年になる。だが、いまだ希望も持てぬまま、ただ飢えをしのぐために、荒れ地を耕し続けているのだぞ」

廃藩置県で斗南藩がなくなったために、会津に帰る者も現れているが、ほとんどが路銀さえなくて、帰るに帰れないという。

「それでも、おまえは親を放っておくというのか。おまえには想像がつかないほど、苦労しているのだぞ」

藤沢は、もういちど辞令を手に取った。

「私ですら、おまえが立派になってくれるのが嬉しい。実の親であれば、どれほどか」

また目を潤ませる。

「わが子が苦労しているのは、親にとって何よりつらい。わが子が立派になるのは、親にとって何よりの喜びだ」

それでも貞吉は答えられなかった。これから工部省でうまく働き続けられるか、かすかな不安があった。


工部省電信寮の上級役人は、佐賀の出身者が多かった。佐賀藩でペリー来航前から、電信の研究が進められてきたために、すでに人材が育っていたのだ。

伊藤博文の部下で、貞吉の直接の上役である電信頭《でんしんのかみ》も、石丸安世《いしまるやすよ》という元佐賀藩士だった。

石丸には、幕末に貿易商のグラバーの世話で、長崎からイギリスに密航した経験があった。体格がよく、見るからに豪放磊落《らいらく》で、いかにも密航のような思い切ったことをしそうな男だった。

貞吉は旧幕府にも新政府にも、幕末に渡欧したことのある者が、意外に多いのには驚く。松野磵の師である伊東方成から始まって、林研海、伊藤博文、そして石丸安世。貞吉の身近だけでも四人目だった。

石丸は貞吉に一冊の分厚い洋書を手渡した。

「飯沼、おまえは英語の成績がいい。これを読め。わしがイギリスから持ち帰った電信の技術書だ。特に海底ケーブルについて詳しい。辞書は工部省の書庫にあるから、わからない単語は、そこで引け」

次々と指示する。

「来月初めには下関に赴任だ。それまでに読んでおけ」

貞吉は慌てた。ひと月足らずで読めるような本ではない。

通信業務は電信網を広げていくことが第一の仕事で、異動が多いのは覚悟していた。むしろ、それが好ましくて、この仕事を選んだ。

電信修技場の卒業生は、横浜や静岡、名古屋、京都など、これから拠点になる町に赴任し、それぞれ電信局を開いて、電線を延ばしていくことになる。

それにしても最初の赴任先が、よりによって長州の下関とは、思いもかけなかった。まして海底ケーブルについて読めということは、関門海峡の担当になるのかもしれなかった。

とりあえず与えられた洋書を夢中で読み進み、九月末には単語を引き終えた。あとは赴任先で読み返せばいいというところまで準備した。

赴任前に支度金が出て、銀座で洋服を誂《あつら》えるように命じられた。新政府の役人として地方に行くのだから、それなりの威厳を整えろという。大型の革鞄《かわかばん》も買う必要があった。

シャツは静岡にいた時に着ていたが、かつて筒袖筒袴と呼んでいた上着とズボンは、白虎隊以来だ。仕立て上がりに袖を通すと、肌に触れる感触が懐かしくもあり、少し物悲しくもあった。

この機に銀縁の丸眼鏡も買った。静岡学問所の書庫で洋書を読み始めてから、遠くのものが見えにくくなっていたのだ。銀座の眼鏡店で検眼してみると、確かに近視で、眼鏡をかけると、とてもよく見えるようになった。

すっかり洋装を整えて、横浜までは陸蒸気《おかじょうき》に乗った。横浜からは蒸気船で、大阪を経て下関に向かった。

ステーションでも船着き場でも、貞吉は「旦那さま」と呼ばれて面食らった。鞄も当然のように運んでもらえる。

下関は活気ある港町だった。昔から蝦夷地と大阪を結ぶ北前船《きたまえぶね》が寄港し、九州や四国各地を結ぶ船も出入りする。

海岸沿いには倉が建ち並び、町には立派な町家が軒を連ねている。荷揚げ用の水路沿いの、ひときわ大きな町家が、電信寮の下関事務所だった。

すでに大勢の人々が立ち働いており、貞吉は着任の挨拶を終えると、官舎に案内された。官舎は武家風の長屋で、夫婦住み込みの奉公人が迎えてくれた。

「飯沼さま、お待ちしておりました。行き届かぬこともありましょうが、よろしくお願い致します」

まかないから洗濯まで、すべて世話してくれるという。

貞吉は初めての待遇に戸惑いつつも、奉公人夫婦や町の人々の話す長州弁が、懐かしく聞こえた。

官舎には神棚があり、珍しい蠟燭《ろうそく》が立てられていた。白い蠟燭の肌に、色鮮やかな花の絵が描かれている。

「これは？」

貞吉が手に取って聞くと、奉公人の女房が少し誇らしげに答えた。

「きれいでしょう。どこか北の方で作っているらしいんですけれどね、新潟の港から北前船が運んでくるんです。下関じゃ、よく使うんですよ」

まぎれもなく会津特産の絵蠟燭だった。新潟から船で出荷され、各地で珍重されていると聞いたことがある。

懐かしさと同時に、心の痛みもよみがえる。故郷を思うと、こうして贅沢《ぜいたく》をしていることや、長州弁を懐かしく感じることなどに、どうしても罪悪感を覚えてしまう。苦労している斗南の人々に対して、申しわけなくてならなかった。

だが翌日から仕事が始まると、それどころではなくなった。電柱用の丸太を地元の材木商に発注し、それを立てる予定地を下見に行く。

輸入物の電線や、碍子《がいし》という絶縁用の部品も長崎から届いた。地元の屈強な男たちを雇い入れて、作業が始まった。

山陽道沿いに、縦穴を掘って電柱を立てる。日ごとに電柱が東に向かって並んでいき、電線が延びていく。結果が目に見えるだけに、やりがいが実感でき、貞吉は大人数の作業でも続けていけそうな気がした。

仕事をしていると、毎日、大勢の旅人たちが足を止めて見入った。だが電線に手紙が結びつけられて行き来するのだと勘違いされたり、西洋のまやかしと恐れられたりで、そのたびに貞吉たちは苦笑した。

初めて給金を受け取り、思いがけない金額に驚いた。だが、いざ斗南に送金するとなると、やはり迷いが生じた。

白虎隊士として出陣した朝、母が詠んでくれた歌を思い出す。あの時の紙片は、なくしてしまったが、文面は忘れない。

「梓弓むかふ矢先きはしげくとも　ひきなかへしそ武士《もののふ》の道」

生き残ってしまった後、塩川で再会した時、母は言葉もなく、ただ涙を流した。貞吉は居たたまれなくなり、ろくに話もしないで別れてしまった。

それから猪苗代の謹慎所で父と会った。父は江戸の護国寺で一緒に暮らす間、息子を哀れと思って、何かとかばってくれた。

楢崎頼三が長州に連れていくと申し出た時に、貞吉は父に言った。

「母上は、私が長州に行ったと知ったら、どれほど嘆かれることか」

だが父は首を横に振った。

「いや、納得するはずだ。ここで、おまえが、どんな目にあっているかを知れば」

だが母の気持ちは、いまだに貞吉には推し量れない。あの歌を詠んだ気丈さからして、息子が敵方に養われるなど、潔しとするはずがなかった。まして、そんな息子からの送金を、母が受け取るとは思えない。

父も別れ際に、こう言って貞吉を送り出した。

「おまえには故郷も、帰る家も、もうないのだぞ」

今も故郷も帰る家もない。もう縁を切られてしまったも同然で、今さら偉そうに金を送るなど、おこがましかった。でも藤沢の言うように、想像もつかないほど困窮しているとしたら、放ってはおけない。特に、これから厳しい冬に向かう。

やはり送金しようと決めた。たとえ受け取ってもらえず、送り返されてきてもいいと覚悟して、下関の両替商から為替を送った。手紙を添えようとも思ったが、なんと書いていいのか文章が決まらず、結局、送金だけにした。

しかし返事は来なかった。受け取ったという知らせもなければ、送り返されもしない。もしかして届かなかったかと気がかりで、両替商に問い合わせたが、届いているはずだという。

けっして礼状を期待していたわけではない。こちらも手紙を添えなかったのだから、返事がなくて当然だと諦めて、また仕事に精を出した。

年末に至り、仕事納めになると、上司も同僚たちも、それぞれの国元に帰り、官舎の長屋は空になってしまった。奉公人の夫婦も田舎に帰るという。

貞吉は小杉村に行ってみることにした。まだ頼三は留学中であり、家は豊資とトミだけのはずだった。こんな洋服姿を見せれば、きっと藤沢のように喜んでくれるに違いなかった。

正月は以前のように、村人たちが集まって賑やかに過ごすに違いない。今なら、その輪にも入れそうな気がした。なんだか故郷に帰るかのような気さえした。

朝、下関を出て、日が傾く前には、村への一本道に入った。

初めて、この道を歩いたのは、ちょうど四年前の年末だ。小雪がちらつく日で、頼三の馬のくつわを引きつつ、重い気持ちで歩いた。

だが今は晴天の暖かい日差しを浴び、豊資とトミに会えるのが楽しみで、足取りは軽かった。一本道から分かれる急坂は、気が急いて駆け上がった。

しかし家の前に来て立ちすくんだ。玄関に横板が渡されて、釘《くぎ》で打ちつけられていたのだ。昼間だというのに、雨戸も締め切ってある。まぎれもなく空き家だった。

慌てて隣の家に飛び込んで聞いた。

「楢崎さんの家は、どうなさったんですか」

すると隣家の主は、年末の煤払いの手を止めて、いぶかしげな顔をした。

「もしかして、あんた、貞さあかい？」

「そうです。以前、楢崎さんの家に厄介になっていた貞吉です」

「あれえ、見違えたね」

貞吉が、よほど心配そうな顔をしていたのか、隣家の主は笑って答えた。

「いや、楢崎さん夫婦は、東京に引越したんだよ。奥さんの方が、少し体調が悪くなったんで、親戚を頼ってね」

「引越し先は？」

「さあて、聞きはしたんだけど、東京の町の名前なんで、覚えきれなくて」

「そうでしたか」

豊資とトミは、まるで親のような存在だった。なのに行き先がわからなくては、もう会えないかもしれない。それが哀しかった。

肩を落として帰りかけ、ふとヨネの家に行ってみようと思いついた。だが隣家の主が言い添えた。

「そういえば、あんた、おヨネ婆さんに気に入られていたね」

貞吉は足を止めて振り返った。

「今から、おヨネさんのところに、行こうかと思ってるんです」

だが相手の言葉に凍りついた。

「おヨネさんは死んだんだよ」

「え？　い、いつ？」

「半年ばかり前だったかね。急にぽっくりで、苦しみもしなかったから、いい往生だよ」

貞吉は茫然とした。この村を去ってから、まだ三年も経《た》っていない。わずかな期間に、そんなことが起きていようとは夢にも思わなかった。

「貞さあ、せっかく来たんだ。ちょっと上がっていけば？　どうして、そんな立派になったのか、聞かせてくれよ」

貞吉は慌てて首を横に振った。

「いいえ、年末で忙しいでしょうから」

村人たちには不義理をするが、豊資とトミがいないのであれば、自慢話などしたくなかった。

さっきまで軽い足取りだった一本道を、肩を落として歩いた。

小杉村を故郷のように感じたのは、やはり思い違いだった。よりによって長州の村が、自分の故郷であるはずがなかった。


結局、静まり返った官舎に戻り、たったひとりで年を越して、二十歳の正月を迎えた。

毎年、ろくな正月を迎えないなと、つい溜息が出る。

三が日が過ぎて、藤沢次謙から年始の挨拶状でも来ていないかなと、町名主を訪れた。

近年、工部省による郵便制度が進み、書状が飛脚問屋ではなく、町名主経由で送れるようになった。料金も飛脚よりも、ずっと安い。その結果、年賀状の交換が流行し始めていた。

貞吉は去年のうちに、東京の藤沢に宛てて、下関に来てからの報告を書き送っていた。その返事でもと期待したのだ。

まだ松の内で町家に軒並み閉まっているが、町名主の店だけは、郵便の扱いのために開いていた。中に入ると、顔見知りの手代が笑顔で迎えた。

「飯沼の旦那、明けましておめでとうございます。ちょうどよかった。手紙が届いていますよ」

拭いた。

もう一枚をめくると、今度は父の筆跡だった。冒頭に送金を感謝する言葉があり、おかげで冬が越せるという。すぐに斗南から礼状を送りたかったが、紙や墨が手に入らなかったと書かれていた。

貞吉は驚いた。厳しい暮らしだと聞いてはいたが、家に紙や墨がないという状況が実感できなかった。

続いて手紙には、斗南での暮らしぶりが綴られていた。ここのところ会津に帰る者が増えており、いつか自分たちも帰れるように頑張りたいという。

そして文末は、こう締めくくられていた。

「そこもとのためにも故郷を取り戻したく候」

一行に込められた父の思いが、心にしみた。父もまた、別れ際の言葉を引きずってきたに違いなかった。

「おまえには故郷も、帰る家も、もうないのだぞ」

あんなふうに言い放ったからこそ、貞吉が帰ってこられる故郷を、これから取り戻したいというのだ。

心の底から嬉しかった。そして両親と弟には、是が非でも会津に帰ってもらいたかった。そのためには、まず資金が必要であり、これからは毎月、送金しようと決めた。

父母のいる会津こそが、やはり自分には故郷であり、そこにしか愛すべき故郷はなかった。

八　海峡を渡る

初夏の朝日を浴びて、海峡が銀色に光り、大小何艘《そう》もの船が行き交う。

明治六年四月二十九日の朝七時、貞吉は門司側の雨ヶ窪という丘の上から、対岸の下関を見下ろしていた。

雨ヶ窪は、逆「し」の字型の関門海峡に、岬のように突き出した場所だ。目の前が海峡の中で、もっとも狭い海域になる。対岸までは、ちょっとした川幅ほどで、向こうの町並みが望める。

海峡手前の西側に門司港があり、早起きの漁師船が、もう漁から帰ってきていた。陸側を振り返ると、雑木林を伐採した広場に、ぽつねんと通信中継所が建っている。

ちょうど丘の下から、馬で登ってくる一団が見えた。先頭は電信頭の石丸安世で、部下の役人たちが後に続いてくる。

貞吉は声を張って挨拶した。

「おはようございます」

石丸は体格がよく、いつもながらの豪放磊落な雰囲気で、片手を上げた。

「おお、飯沼、早いな」

石丸たちは門司の宿屋に泊まったが、貞吉は今日の通信開始が気がかりで、昨夜から中継所に泊まり込んでいた。

石丸は広場で馬から降りると、貞吉のかたわらに立って海峡を見下ろした。

「調子はどうだ？」

「今のところ順調です。ついさっき前田の中継所と、最後の試験通信を交わしたところです」

前田は対岸の下関側で、やはり小高い丘だ。そちらにも中継所が設けられており、海底ケーブルでつながっている。

関門海峡の海底ケーブルは、貞吉が下関に赴任する直前に、すでに実験的に施設されていた。だが耐久性が充分ではなく、すぐに切れてしまい、長い間、そのままになっていた。

海底ケーブルには浅海用の太いものと、深海用の細いものとがある。深い海の底は生物が少なく、切断などの危険が少ないために、細いケーブルで間に合う。

しかし浅海用はその逆で、銅線に松脂《まつやに》などの樹脂を巻きつけ、さらに鉄線で覆って太く作ってある。

どちらも輸入物だが、前に施設した際には、深海用の細いケーブルしか手に入らず、それを用いた。だが関門海峡は潮の流れがきついために、切れることも予測できた。

そこで予備として、雨ヶ窪の丘から前田の丘まで、海上電線も渡した。ところが電線自体の重さで、低くしなり、そこに外国船の帆柱が引っかかって、たちまち切断された。

海底ケーブルの方も、何度も切断と修理を繰り返し、いつしか不通になっていた。

貞吉が下関に来てから、浅海用のケーブルが輸入できて、改めて設置が始まったのだ。団平船《だんぺいぶね》と呼ぶ底の平らな荷船を二隻、借り上げ、その間に板を渡して、ケーブルに重しをくくりつけて沈めていった。だがケーブルの重量だけで四噸《トン》もあり、そこに重しの重量も加わる。

まして引き船が蒸気船で、その速度と、沈める速度との呼吸が合わせにくい。そのためケーブルに飛ばされて、重傷を負う作業員が続出した。

それでも国家的事業として続行され、とうとう関門海峡の電信は再開通したのだ。

海峡間の送受信の実験も、貞吉は門司側で担当したが、いよいよ今日、東京から長崎までの全線が開通する。その記念すべき最初の通信のために、昨夜から中継所に泊まり込んでいたのだ。

石丸が海峡から東に目を向けて言った。

「九時に東京から発信して、ここまで中継所が、ほぼ二十箇所。それぞれの中継所で解読して、また発信し直すわけだから、一箇所の受送信に一分かかるとして、九時二十分頃には、ここに着くだろうな」

貞吉は少し首を傾げた。

「電文の長さにもよりますが、一分では無理かもしれません。いや、逆に、もっと早い場合もありますが」

東京の電信寮本部には、伊藤博文以下、工部省の役人たちが勢揃いして、九時ちょうどに発信する予定だった。電文は伊藤自身が考え、石丸すら知らされていない。

当初、石丸は長崎で受信に立ち会う予定だったが、結局、そちらはお雇い外国人に任せて、門司にやって来た。やはり全線中、唯一の海底ケーブルが心配なのだ。

石丸は背広の内ポケットから、懐中時計を取り出した。

「それでも、まあ九時半には、ここを通って、九時四十五分には長崎で折り返し、十時に、またここを通って、東京に返電が届くのは、遅くとも十時半というところだな」

最後に東京から「センテンフン、チヤクシンセリ」という電文が発信され、それを各中継所で確認して、今日の開通が成功となる。

貞吉が電信修技場に入った頃は、電文はローマ字表記だったが、今ではカタカナで送れる。ただし濁点が打てず、促音も表現できないので、「全電文、着信せり」は「センテンフン、チヤクシンセリ」になってしまうのだ。

一方で、各地に電線が張られて以来、鋭利な刃物で分断される事件が相次いでいる。いまだ攘夷思想の西洋嫌いが残っているとも、飛脚屋たちが権利を侵されるのを恐れて、邪魔立てしているのだともいわれていた。

今日は万全を期して、電線沿いに見張りを立てているはずだが、長距離通信中に何が起きるかは予想がつかない。

貞吉は海峡を見下ろしたままで言った。

「できれば、なるべく早い時間帯に、交信を終えたいところです。十時半には、海流が最速になりますので」

関門海峡の潮流は、日に四回、流れる向きが変わる。瀬戸内海と外海との水位に差が生じるために、川のように流れ込んだり流れ出したりするのだ。

今は干満の境目で、ちょうど流れが止んでいる。だが九時には西に向かって流れ始め、十時半頃には雨ヶ窪の前の潮流は、時速二十キロ近くにも達する。

そうなると通信が安定しにくいし、万が一、ケーブルが切れでもしたら、この晴れがましい開通が失敗に終わる。

だが、かならず毎日四回ずつ、それだけの速さに達するのだから、最悪の状況でも常に交信できなければ、開通の意味がない。

貞吉は、自分が心配性だと自覚してはいるが、どうしても最悪の事態を予測してしまう。それに気づいたのか、石丸が貞吉の背中を軽くたたいた。

「大丈夫だ。今日は、きっと上手くいく」

そして懐中時計の文字盤を見せた。

「八時半になる。そろそろ中に入るか」

中継所の中は半分が土間で、小上がりの座敷のほかに、奉公人部屋がついている。土間には木製の大机が据えてあり、その周囲に椅子が並んでいる。

海中ケーブルからつながる電線が、外の電柱と中継所の軒下を通って、屋根裏へと導かれ、さらに机の上に鎮座する通信機へと接続されている。

貞吉が柱にかかった振り子時計を見上げると、まだ八時半を過ぎたばかりだ。

すでに準備は整っており、黙って通信機の前に座り、ハンカチーフで眼鏡を拭いて、時間が過ぎるのを待った。

中継所に住み込んでいる夫婦が茶を淹《い》れて配る。役人たちは茶をすすり、煙草盆を引き寄せて、煙管をふかし始めた。落ち着かないらしく、外に出たり入ったりを繰り返す者もいる。

暇を持て余して、雑談にも花が咲く。

「伊藤さまは、どんな電文を送られるのかな」

「ホンシツハ、セイテンナリ、くらいだろう」

「いや、もう少し長文になさるさ。トウキヤウ、ナカサキノ、テンシンカイツウヲイハフ、とかな」

トウキヤウは東京、ナカサキは長崎のことだ。

あれこれと推理しているうちに、柱時計が九時を打った。

「お、今頃、東京で発信したな」

誰もが貞吉のまわりに集まり始めた。

だが十分経っても、二十分経っても、通信機は、まったく反応しない。役人が不安顔で言う。

「遅いですね。何か起きたのでしょうか」

石丸が腕組みをして応えた。

「もしかしたら、伊藤さまの電文が長いのかもしれんな」

電文が長ければ長いほど、中継所で手間取る。

「いずれにせよ、解読を素早くするのが、これからの課題だな。できれば中継所の数も減らしていきたい」

長針が二十五分を示した時だった。貞吉は通信機のかすかな振動を感じた。

「受信します」

そう告げたとたんに、全員の視線が通信機に注がれた。誰もが固唾《かたず》を呑んで見守る。

巻き取られた紙テープが、カタカタと音を立てて動き始め、そこに符号が印字されていく。

貞吉は目で追いながら、声に出して読んだ。

「四カツ二十九ニチ　コノヨキヒニ　トウキヤウヨリ　ナカサキニムケテ　ハツシンセリ　イトウヒロフミ」

歓声が上がりかけるのを、石丸が制した。

「騒ぐなッ。これから発信するぞ」

一瞬にして静まり、今度は視線が貞吉の手元に集中した。

貞吉は注意深く、それでいて素早く、キーを打った。数字の符号も含まれており、一文字でも間違えれば、この後の中継所でも間違えて打たれてしまう。責任は重大だった。

最後の「イトウヒロフミ」まで打ち終えてから、顔を上げた。

「全文、発信しました」

次の瞬間、大歓声が湧いた。石丸自身、大喜びしながらも警告した。

「まだ喜ぶのは早いぞ。あと二回送受信があるのだからな」

だが最初の難関を越えて、もう、お祭り騒ぎだった。

次の中継所は小倉だ。その後、福岡と佐賀を介し、最後の長崎へと伝えられる。四箇所だけなら、返信は早いはずだった。

五分ほど経つと、ふたたび通信機が振動した。貞吉は大声で言った。

「来ましたッ」

また一瞬で静まる。貞吉は、もういちど声に出して読んだ。

「ナカサキニテ　イカヲシユシンセリ　四カツ二十九ニチ　コノヨキヒニ　トウキヤウヨリ　ナカサキニムケテ　ハツシンセリ　イトウヒロフミ」

また歓声が湧きそうになり、誰もが笑顔で目配せを交わす。

貞吉は緊張をこらえて、また同文を発信した。後半は最初の電文の繰り返しだ。

「返信を送りました」

貞吉の言葉に、今度は全員が胸をなでおろす。

これを東京で受信し、その確認文が送られてくるはずだった。石丸が、いかにも嬉しそうに言う。

「今、九時半だから、東京まで届いて戻ってくるのは、十時半くらいかな」

もっとも潮流が激しくなる時間帯だが、もう貞吉は心配していなかった。きっと上手くいくと自信が持てる。

確認文は予想以上に早く、十時過ぎには着信した。今度は貞吉は読み上げずに、そのまま長崎に向けて打電した。

そして送信を終えてから、紙テープを手にして立ち上がり、大きな声で読み上げた。

「トウキヤウニテ　タタシク　ウケトレリ　イトウヒロフミ」

正しく受信できたと聞いて、今まで以上の大歓声が湧いた。

長崎から世界中につながる電信網の末端に、ようやく東京や大阪が加われたのだ。誰もが大喜びする中で、石丸が興奮気味に言った。

「伊藤さまに祝いの電文を送ろう。『東京長崎、全線開通を祝う。関門海峡にて。石丸』で、東京の工部省宛だッ」

貞吉が打ち終えた時、長崎から、ほぼ同文が届いた。それからは各地から相互に祝う電文が飛び交った。

はや長崎や横浜から商売の情報も交わされ始めた。商人たちにとっても、待ちに待った通信開始だったのだ。

この日をもって下関に正式な電信局が発足し、小倉にも分局ができて、貞吉は小倉勤務に変わった。

かつて貞吉は会津から江戸まで、小倉藩によって連行された。最初の赴任先が長州の下関で、次が小倉とは奇妙な縁《えにし》を感じるが、もはや恨みはない。

東京長崎間開通と同時に、二百二十四名の全通信士に報奨金が下付された。その正式書類の筆頭に、飯沼貞吉の名前があった。

「電信建築技手飯沼貞吉以下二百二十四名へ勲章叙賜及金円下賜」

かつて貞吉は頼三に言った。自分は生涯、一兵士でいいと。それが実現できたのだと、胸を張って叫びたかった。


翌明治七年が明けて、貞吉は二十一歳を迎えた。

一月末になると、ふたたび石丸が東京から小倉にやって来た。午後遅くの来局で、局員の仕事ぶりを、ざっと見てから、貞吉を茶屋に誘った。

茶屋の座敷で芸者を呼ぶわけでもなく、石丸は貞吉と差し向かいで盃を傾けた。

「明日、佐賀に行くことになった」

佐賀は石丸の故郷だ。

「ここのところ東京と佐賀との交信が盛んだから、飯沼にもわかっているだろうが、佐賀で武装蜂起がありそうだ」

貞吉は黙って酌を受けた。

去年の末に新政府は、家禄奉還という政策を打ち出した。二年半前に廃藩置県が断行されて、藩が消滅したものの、士族の家禄は新政府が支払い続けてきた。その特権をなくそうというのが家禄奉還だった。

希望する者には、三年分の家禄を現金で支給し、もう三年分を公債で配布するという。なおも家禄受給を希望する者には、一割三分近くもの高率の税が課せられることになった。

　これに対して、特に山口県内と九州各地の士族から不満が噴き出した。明治維新で勝ち組に属したのに、なんの褒美もなく、それどころか家禄に税金まで掛けられるとは、受け入れがたいことだった。

　こうなったら武力で不満を訴えようという動きが、特に佐賀で生じていた。その情報が逐一、電信で東京に伝えられ、東京からは対策が返信されていたのだ。

　電文の内容については、通信士には守秘義務があり、貞吉は仲間内ですら、いっさい口にしたことがない。それを石丸から水を向けられ、酒の席とはいえ、どう対応すべきか戸惑った。

　石丸は声の調子を変えた。

「確か飯沼は、会津の出だったな」

　もはや動揺することなく応えられる。

「はい、会津の城下で、生まれ育ちました」

「あまり聞かれたくもなかろうと、そんな話はしたことがなかったが、故郷が戦場になったのは、つらかっただろう」

「そうですね。私自身にも、いろいろありましたが、お城や家が焼かれて、家族が最果ての地に追われました」

「家族は、今も斗南にいるのか」

「いいえ、おかげさまで、去年の秋に会津に戻れました」

貞吉は東京長崎間開通の報奨金を、すべて斗南の両親のもとに送った。それを受け取った飯沼家では秋まで待ち、わずかながらの収穫を換金してから、ようやく会津に帰ったのだ。

「そうか」

石丸は珍しく、しみじみと話す。

「政府の方針としては、働かざる者、食うべからずだ。実に明確だし、会津の者たちは維新直後から、家禄など受け取れなかったのだろうから、日本全国、そうすべきなのだ」

貞吉の酌を受けながら言う。

「もしも戊辰戦争の時に、都から会津まで電信が開通していたら、会津戦争は止められただろうな」

「電信で、ですか」

「そうだ。あの時、都の公家たちは会津討伐など望んでいなかった。会津藩は都を守っていたのだし。もし会津攻めの前に、電信で都に聞き合わせていたら、朝廷は開戦を許さなかったと思う」

今度の佐賀に関しても、石丸は電信によって、武装蜂起を避けられると信じてきたという。

「政府は、なんとか佐賀の暴発を抑えようとしてきたし、その情報交換の手段として、電信は大いに活用されている」

盃を手にしたまま、深い溜息をついた。

「それでも佐賀のやつらの勢いは、どうあっても止められそうにない。蜂起するのは、もう疑いない。それに対して、どう攻めていくかも、東京と現地の政府軍とで、電信でやり取りされるはずだ」

盃をあおって、少し自嘲気味に言った。

「最初に電信で攻撃命令を送る先が、よりによって自分の故郷になろうとはな。さすがに思ってもみなかった」

石丸は貞吉に酌をしてくれた。

「それで、おまえに会って、いちど話を聞いてみようと、ここに寄ったのだ」

「私の話など、何も、お役には」

「いや、故郷が戦場になっても、こうして立派に働いている者がいるということを、私は胆に銘じておく」

そして徳利を膳に戻した。

「佐賀の局に配属されている者は、たいがい佐賀出身だが、彼らを異動させるかどうか、実は迷っていた。下手に異動させて恨みを買っても困るし、そのまま佐賀に置いて、蜂起側に寝返られても困る。だが、おまえと話をしているうちに、心が定まった」

「どうなさるのですか」

「異動はさせずに、故郷が戦場になる覚悟を促す。寝返りなど断じてさせない。話して聞かせれば、わかるはずだ」

翌二月に入ると、佐賀で突発的な戦闘が起きた。中旬には本格化したが、はや月末には鎮圧された。

その間、蜂起軍は薩摩の不平士族と連携を取ろうとしたが、電信で政府側がいち早く察知して薩摩に手をまわし、戦争拡大の芽を摘んだ。

佐賀出身の役人も通信士も、終始、職務に忠実で、現場は混乱せずにすんだ。まさに素早い情報伝達によって、政府側の勝利に貢献したのだ。

だが、その電文を扱った佐賀出身の通信士の立場を思うと、貞吉は晴れがましい気持ちにはなれなかった。

佐賀の乱の後、山口県内でも不穏な動きが見え始めた。貞吉は口の堅さを見込まれて、小倉から山口へと出張を命じられた。

出張は長引き、明治八年の正月は山口で迎えた。

斗南を去った後の飯沼家にとっては、会津での正月は二度目だ。つつましくも穏やかな正月を、家族で過ごしているのだろうと思い描く。いつかは、その輪に入りたいという夢も抱いている。

だが現実には、ここ何年も、正月にいい思いをしたことがない。それに、もし会津に帰って家族が迎えてくれたとしても、地元の人々からは、白い目を向けられそうな気がした。

佐賀の乱から、ちょうど一年後、二月下旬の寒い日だった。貞吉は山口局の通信機の前に腰かけて、いつものように中継の交信に当たっていた。

その時、パリの日本公使館から、東京の兵部省宛の国際通信が入った。海外にいる日本人からの電文は、長崎まではアルファベットの符号で届くが、そこでカタカナの符号に訳されて発信される。

公使館からの発信は、外交上の重要な決断などに、本国の裁量を仰ぐことが多い。ただし、そういった場合は外務省宛であり、兵部省宛は珍しい。

何か重要事項かと、貞吉は少し気を引き締めて、モールス符号を目で追った。

「サル二カツ十七ニチ　ヤマクチケンシユツシン　ナラサキライソウ」

ここまで読んで、気持ちが一気に浮き立った。楢崎頼三の名前だ。山口県出身とあるし、間違いなかった。去る二月十七日、頼三がパリでの学業を終え、帰国するという知らせだと思った。

しかし続く言葉は、信じがたいものだった。

「カネテヨリノヒヤウキニテシス」

まだモールス符号は続いた。

「タウチニテマイサウス」

最後は在仏日本公使の名前で締めくくってあった。

貞吉は頭が混乱した。後半の意味は、以前からの病気で死んで、パリで埋葬するという意味に読める。

だが、とにかく中継して、東京に向けて発信しなければならない。

「サル二カツ十七ニチ　ヤマクチケンシユツシン　ナラサキライソウ　カネテヨリノヒヤウキニテシス　タウチニテマイサウス」

何か別世界の出来事であるかのように、感情を押し殺してキーを打った。だが発信し終えた時には、目の前が暗くなり、控えの通信士に交代を頼んだ。

受信の紙テープをちぎって立ち上がり、通信機の前から離れた。目を見開いて紙テープを、もういちど読み直した。

「去る二月十七日、山口県出身、楢崎頼三、かねてよりの病気にて死す、当地にて埋葬す」

何度、見返しても、そうとしか読めない。まぎれもなくパリの日本公使館から、東京の兵部省宛に発信された公式電文であり、信じないわけにはいかない。

兵部省に問い合わせてみようかとも思う。だが、すぐに無駄だと気づいた。この電文が第一報であり、これ以上のことは、今は誰にもわかっていない。

だとすると頼三の両親は、この電文だけで息子の死を告げられるのか。

今すぐ豊資とトミに会いたかった。小杉村から東京に引越した後の住まいは、わからないままだが、兵部省に問い合わせれば、行方はわかるかもしれない。

だが、そうなると、電文の内容を個人的に読み取ったことを、明らかにしなければならない。やはり守秘義務は破るわけにはいかなかった。

貞吉は松野礀《はざま》の実家なら、頼三の病気のことなど、何か事情がわかるかもしれないと、次の休みに出かけてみることにした。電信寮自体は日曜日が休みだが、通信士は交代で休みを取る。

大田絵堂の戦いのあった村としか聞いておらず、見当をつけて出かけてみた。美祢《みね》郡大田村の神社を始め、周囲の寺社を片端から当たった。

「この辺りに、松野という家は、ありませんか」

だが宮司も僧侶も首を傾げる。

「松野さん？　この辺では聞きませんねえ」

「お医者さんのはずなのですが」

「いや、松野という医者は、いないはずです」

ただ大田絵堂の戦いの話になると、誰もが大張り切りで話してくれる。

高杉晋作や伊藤博文たちが、ここで藩の正規軍に勝利したことで流れを変えることができて、明治維新に向かったのだ。その記念すべき第一歩の地であることを、皆、誇りにしていた。

しかし松野家は、どこにも見つからなかった。貞吉は何か勘違いしていたかと、激戦地だったという大田川の橋まで行ってみた。最初に訪ねた金麗社《きんれいしゃ》という神社の、すぐ北側だ。

奇兵隊と藩の正規軍が、双方、大田川の両岸に陣取って、銃撃戦を交わしたという。結局、高杉たちが優勢となって、正規軍は萩に向かって敗走したのだ。

高杉や伊藤たちは正義派と称し、彼らに敵対した長州藩の重鎮たちは俗論派と呼ばれている。勝てば正義であり、負ければ俗論と呼ばれる。俗論側の言い分など、一顧だにされない。貞吉は心に小さな引っかかりを感じた。

松野の家のことは諦めようと、もういちど金麗社の前を通って、山口方面に戻りかけた時、最初に訪ねた宮司と出会った。

「お探しの家は、見つかりましたか」

そう聞かれて、貞吉は首を横に振った。

「いいえ、この辺には、松野という医家は、なさそうです」

「ここらで医者といえば、大野さんのところしかありませんが、そこで聞かれたら、どうですか。息子さんが、どこか外国に留学しているお家ですし、何か知っているかもしれません」

貞吉は、そこだと直感した。

「大野さんですか。その家の場所を、ぜひとも教えてください」

宮司は気軽に道順を教えてくれた。

歩いていってみると、茅葺き屋根の大きな家だった。大野家の奉公人は、貞吉の洋服姿を見て、すぐに奥に取りついでくれた。

出てきた女性の顔を見て、貞吉は磵の母親に間違いないと確信した。細面で、はっきりした目鼻立ちが、そっくりだったのだ。

「ドイツに留学されている松野磵さんの、お母さまでいらっしゃいますか」

「ええ、そうです」

すぐに奥に通されて、磵の父親だという徳右衛門にも会った。

「息子は江戸に出奔した時から、本名をはばかって、松野磵と名乗るようになったのです。息子のお知り合いですか」

「以前に助けていただいたことがあって」

大野家にはドイツから届いた手紙があり、見せてもらったところ、医学ではなく林業の勉強をしていると書かれていた。日本には馴染みのない分野だが、これからは森林の管理が大事になるという。

だがパリに居るはずの頼三については、何も書かれていなかった。

徳右衛門は頼三のことを知っていたが、死んだと伝えるわけにはいかない。豊資とトミの行方も聞いたことはないという。

「でも留学して、もう五年になりますから、そろそろ帰ってくる頃ではないかと、家内と楽しみにしているところです」

「それでは礀さんが、お帰りになったら、飯沼貞吉が訪ねてきたと、お伝えください。今は山口の電信局におりますが、異動が多い仕事なので、もしかしたら別のところに移っているかもしれませんが、聞けばわかるようにしておきますので」

貞吉は、くれぐれもよろしくと言い置いて、大田村を後にした。

それから間もなく、貞吉は神戸の電信局に異動になった。長州での武装蜂起の危険が薄れる一方で、神戸で国際電信が増えてきたために、そちらに投入されたのだ。

神戸は明治維新の前年に開港し、明治五年に本格的な港湾整備が行われて、この三年で国際貿易港として著しく発展していた。

電信局は、外国人居留地の一角にあった。横浜や長崎はもとより、上海、香港、ヨーロッパ、アメリカなどからの国際電報が続々と届く。

貞吉はアルファベットのモールス符号を読み取り、宛先だけを日本語にして書き出す。それを配達員が、それぞれの店舗や事務所に届けた。

発信電文は、局の受付が各国語の依頼文を受け取り、貞吉のところにまわされてくる。それをアルファベットで宛先に打電する。

そうして忙しく立ち働いていた秋の夕暮れ時に、受付の女性が、貞吉に声をかけてきた。

「松野礀さまという方がおみえになって、お仕事が終わられましたら、オリエンタルホテルに来て欲しいと仰せでした」

「松野さんが？」

すぐに別の通信士に交代してもらい、受付に出たが、もう礀は立ち去った後だった。

オリエンタルホテルは神戸に初めてできた西洋式のホテルだ。電信局のすぐ近くで、込み入った国際電報の場合、貞吉自身が宿泊客に届けることも珍しくない。

すぐに追いかけてホテルに向かった。顔見知りのドアボーイが、ロビーのソファを示した。

「あちらで、松野さまがお待ちです」

そこには洋服姿の磵がいた。細面の目鼻立ちは変わっていない。最後に別れたのは静岡の宿屋の前、磵は総髪で着物姿だった。貞吉に金の包みを渡そうとして、頼三に見とがめられ、気まずそうに馬に乗って立ち去ったのだ。

磵は貞吉に気づいて立ち上がった。次の瞬間、磵の顔が大きく崩れた。

「貞吉、立派になって」

「磵さんこそ、見違えました」

磵はポケットからハンカチーフを取り出して、目元に押し当てた。

「こんなところでは話もできないから、部屋に行こう」

「ここに泊まっているのですか」

磵は泣き笑いの顔になった。

「そうだ。内務省に出仕が決まったし、おまえと会うために見栄を張ったのだ」

磵は部屋に入ると、主食堂から軽食と葡萄酒を取り寄せて、部屋の猫脚テーブルを囲んだ。

「帰国して親に顔を見せに行ったんだ。そうしたら飯沼という若い紳士が訪ねてきたと聞いて、すぐにおまえだとわかった。いい身なりをしていたというので、会うのが楽しみだった」

山口局で神戸に異動になったと聞き、東京に戻る途中で、訪ねてきたのだという。

「静岡学問所を退《や》めてから、頑張ったのだな」

磯は思いがけないほど涙もろく、すぐに涙ぐむ。貞吉は微笑んで応えた。

「あれからも紆余《うよ》曲折はあったのですが、いろいろな方に世話になって、今に至ります。あの時、突き放していただいたのが、結果として、よかったのです」

貞吉は沼津を経て電信修技場に入り、通信士の道を選んだと打ち明けた。すると磯は、また泣いた。

「この姿を、頼三に見せたかった」

そして改まって言いかけた。

「実は頼三は」

貞吉は小さくうなずいた。

「亡くなられたのでしょう。今年の二月十七日に」

「知っていたか」

「国際電報で」

「そうか。それで、僕の実家を訪ねたのか」

「そうです」

磯は葡萄酒を口に運んでから、自分の話を始めた。

「僕は東京のドイツ公使館で、あらかじめドイツ語を勉強していった。でも行った当初はオランダ訛がひどくて、最初の二年間は、ドイツ人の子供が通う学校で、ドイツ語の読み書きをさせられた。屈辱だったから、必死に勉強しているうちに、先に留学していた日本人から、林学を勧められたのだ」

これからの日本には、ぜひ必要な学問だと諭されて、志望を医学から林学に転じ、三年目には林業の専門学校に進んだという。

「頼三のことは、時々、噂を耳にした。フランス語のできは悪くなかったが、志望していた陸軍士官学校には、外国人は入りにくいと聞いて、気にはなっていた」

いちど会いに行きたいと思いつつ、自分のことで手一杯で、まして金もなく、パリにまでは足を運べなかったという。

「でも去年の十二月に、頼三が重い肺病で、僕に会いたがっていると聞いたのだ。それで、なんとか金を工面して、クリスマス休暇にパリに行ってみた」

冷たい小雨が降る中、下宿を訪ねて、磯は愕然《がくぜん》とした。予想以上の重態だったのだ。

「寝台から起き上がることもできない状態だった。僕も医学をかじった身だから、もう助からないと気づいた。なぜ、もっと早く日本に帰らなかったのかと、問いただした」

するとと頼三は力なく応えた。

「士官学校にも入れないままで、帰るわけにはいかない」

　頼三は、フランスでリセと呼ぶ中等学校を終えたものの、陸軍士官学校への入学は許されなかった。それでも入学を目指して、猛勉強で無理を重ねるうちに、肺を侵されていったという。

「頼三は、こうも言った。フランス陸軍は誇り高く、東洋人など小馬鹿にして、いくら入学試験で好成績を収めても、まるで相手にされないのだと」

　林学を選んだ磯とは、比べものにならないほど厳しい立場だったという。

「僕が、今からでも遅くないから日本に帰れと勧めると、あいつは首を横に振った。今さら日本政府に、帰国の費用を出してもらうわけにはいかないと。もうパリで死ぬ覚悟だったのだ」

　磯は、またハンカチーフを目元に押し当てた。

「あいつは、おまえのことを気にしていた。貞吉は、どうしているだろうと」

　頼三は病床で、こうも言ったという。

「僕はよかれと思って、貞吉を長州に連れていった。でも、それがあいつにとって、よかったことなのか。むしろ可哀想《かわいそう》なことを、してしまったのではないのか。僕はパリに来て初めて、そう気づいた」

　その時、磯は話が呑み込めずに聞いた。

「どういう意味だ？」

「僕はパリで、異邦人としての居心地の悪さを、嫌というほど味わった。貞吉も長州で、そうだったのだろう」

「でも貞吉は会津に帰ったとしても、居心地がよかったわけではないだろう」

「その通りだ。やつは故郷に帰れない。同じ切なさを、僕もパリに来て思い知った」

「その気持ちはわかる。僕だってドイツで嫌なことは山ほどあった。いつだって日本に帰りたかった」

磵は言葉に力を込めた。

「でも僕は留学したことを悔いてはいない。貞吉だって長州に連れて行かれたことを、けっして恨みはしないはずだ。静岡学問所に入れてもらえたことだって、いつかは感謝する。いや、今頃、立派になって、もう感謝しているかもしれない」

「そうだろうか」

「そうとも。そうだと信じてやろう。おまえは病で気が弱くなって、つい後ろ向きになってしまうのだろうが、きっと貞吉は立ち直っている。あのまま終わるやつじゃない。そう見込んだからこそ、長州に連れていったんじゃないか」

頼三は力なくうなずいた。

「見込んだと言えばな、長州に連れていく途中で、あいつが什《じゅう》の掟という話をしたことがあったのだ」

「什の掟?」

「会津では子供に、ならぬことはならぬと教えるそうだ。それを聞いて、僕は頭から否定した。それは兵士を育てるための教育だと。僕は貞吉を見込んでいた。人の上に立つようになって欲しかった。だが、あいつは言ったんだ。ならば自分は一兵士でいいと」

「そんなことがあったのか」

「なぜ、あんなに頭ごなしに否定してしまったのだろう。なぜ、もっと待ってやらなかったのか。あいつには立ち直る時間が、もっともっと必要だったのだ。それが今頃になって、わかるなんて」

磯は、ふと思いついて、寝台の枕元で羽根ペンをつかんだ。

「頼三、待ってろ。今すぐ静岡学問所宛に手紙を書く。貞吉の消息を聞くんだ。きっと返事は来る。きっと立派になっていると返事が来るはずだから、それまで待っていてくれ」

急いで手紙を綴り、封筒の宛名には「静岡県駿府城内　静岡学問所事務方御中」、最後にアルファベットで「ジャポン」と書き添えた。

それを見ると、頼三は力なく微笑み、日本の方角に目を向けた。

「貞吉は、会津の両親に顔向けができるように、なっただろうか」

「なったとも。ならないはずがない」

「僕は自分から申し出て、貞吉の父親から、あいつを預かったのだ。なのに静岡で見捨ててしまった。それが悔やまれてならない」

「もう悔やむのはやめろッ」

磵は思わず声を荒立てた。

「もしも、あいつが立ち直っていなかったら、僕が日本に帰ってから、かならず立ち直らせる。あいつは、まだ二十一か二のはずだ。まだまだ、やり直しが利く」

すると頼三は、ようやく安堵の表情を浮かべた。

「磵、頼むな。貞吉が故郷に帰れるようにしてやってくれ。かならず胸を張って、故郷に帰れるように」

しばらく天井を見つめていたが、目尻から涙がこぼれた。

「どれほど帰りたかっただろうか。貞吉は会津に」

その言葉は、頼三自身の望郷の念を表していた。本当は日本に帰りたいのに、それすら口にできなかったのだ。

神戸オリエンタルホテルの部屋で、また磵はハンカチーフを目元に押しつけ、潤んだ声で言った。

「僕は年明け前にドイツに戻った。頼三が死んだと聞いたのは、それからふた月ほど後だ。なきがらは日本人が金を出し合って、モンパルナスというところの墓地に葬った。帰国前に花を手向けに行ったが、日本の墓石に似せた立派な墓だった」

静岡学問所がなくなったと知ったのは、帰国後のことだったという。

「でも、やっぱり僕の思った通りだった。貞吉は、こんなに立派になっていた」

貞吉は、こんなことになるのなら、パリに手紙を書けばよかったと悔やんだ。パリの日本公使館気付で出せば、届かないはずはなかった。

静岡で別れた時の、頼三の表情を思い出す。裏切られた情けなさと、捨てきれない期待とで、口元がゆがんでいた。

「申しわけありませんでした」

詫びの言葉とともに、涙が溢れ出す。磵が驚いて聞き返した。

「貞吉が何を謝ることがある？」

「静岡で情けない姿のまま別れて。今、私が、こうしていられるのは、楢崎さんと松野さんのおかげなのに、何も伝えようともせず」

すると磵は部屋の高い天井を見上げた。

「いや、頼三は見ているさ。おまえのことが気がかりで、僕にくっついて来て。きっと、この部屋のどこかで、おまえの姿を見て喜んでいる。泣いて喜んでいるはずだ」

明治十年の正月、神戸の官舎に、東京で暮らす松野礀から年賀状が届いた。

貞吉は封を切り、中身を読んで驚いた。年末にドイツ人の女性と結婚したと書かれていたのだ。

クララといって、すでにドイツにいた時から言い交わした仲だったという。礀が帰国しても気持ちが変わらなかったら、結婚しようと約束していたが、一年経っても思いは揺らがず、去年の夏に来日した。

しかし親の許可証がないなどと、役所から書類の不備が言い立てられて、なかなか国際結婚が認められなかった。それが年末になって、ようやく届けが受理され、天下晴れて夫婦になった。

クララはドイツで幼児教育に携わっており、日本にもドイツ式を導入したいという夢を持っているという。このたび、ちょうど女子師範学校に幼稚園が設けられることになり、首席保母の仕事に就くと書かれていた。

貞吉は、かすかに鼻白む思いがした。礀の幸せを喜ぶべきだとは思いつつも、あれほど頼三が苦しんでいた時に、礀には女性の支えがあったのかと、感情的に受け入れられなかった。

年賀状が届いたのは、ちょうど西南戦争が始まるかという時期だった。陸軍大将の西郷隆盛が薩摩の不平士族を率いて、政府に反旗を翻したのだ。

　実際に戦闘が始まると、佐賀の乱の時と同じように、東京と前線との連絡は電信で交わされた。その情報をもとに、政府は軍艦で陸戦部隊を九州各地に上陸させた。現地の部隊同士も電信で連絡し合い、西郷率いる薩摩軍の動きを察知した。

　その結果、政府軍は勝利を収めたのだ。佐賀の乱以降、不平士族の反乱が、各地で相次いでいたが、今度が最大規模で、発生から鎮圧までに八ヶ月もが費やされた。

　貞吉たち通信士は大わらわだった。通信量が増えたのはもとより、電線の切断が頻発して、その対応にも追われた。

　新聞社の従軍記者たちも、電信を最大限に活用した。西郷隆盛の挙兵から自刃まで、東京や大阪の本社に逐一報告し、それが日ごとに新聞記事になった。これによって一般の電信への認識は、飛躍的に高まった。

　報道は国内に限らず、海外の新聞にも記事が掲載された。

　また政府軍には旧会津藩士が大勢、参戦しており、その活躍ぶりは「戊辰戦争の仇《あだ》討《うち》」として書き立てられた。

　かつて幕府崩壊間際まで、薩摩藩は会津藩の盟友だった。力を合わせて長州藩をたたいたこともあった。だが最終的には長州側に寝返って、会津を壊滅させた。その時の恨みを、西南戦争で晴らしたというのだ。

　貞吉は新聞を読んで違和感を覚えた。確かに旧会津藩士たちは喝采しているに違いない。しかし「戊辰戦争の仇討」と持ち上げられれば持ち上げられるほど、貞吉の心は冷えていった。

かつて頼三の実家で暮らしていた頃、ヨネの息子が戦死したと知って、勝った側にも悲劇があったと気づいた。まして負けた側には、何倍もの悲しみがある。

そのため、つい負けた側を思ってしまう。旧会津藩士たちの華々しい活躍を、手放しで喜べない。そんな自分が悲しかった。もう生粋の会津人では、なくなってしまったような気がした。

西南戦争で慌ただしくしていたこともあって、磵への返事は一日遅れになり、とうとう書かずじまいになった。以来、はからずも貞吉の方から、距離を置く結果になってしまった。

その後、貞吉も結婚した。松尾鎮太郎という工部省の先輩が、貞吉を見込んで、娘のレンを嫁にくれたのだ。貞吉は鎮太郎に白虎隊以来の事情を打ち明け、父娘は何もかも承知の上で貞吉との結婚を望んでくれた。

会津の両親のもとにも、結婚報告の手紙を送った。松尾鎮太郎は山口県出身だったが、親戚や近隣の者たちが手紙を読むかもしれないと思うと、どうしても長州とは書けず、結局、広島県出身と伝えた。

什の掟の三つめにある「嘘を言うことはなりませぬ」も、破ってしまったなと思った。

レンは美しく控えめな女性で、翌年には長男が、その三年後には長女に恵まれた。ようやく貞吉にも、穏やかな暮らしが訪れた。

九　飯盛山ふたたび

　ガタンゴトンと単調な音が繰り返される。列車の上げ下げ窓のガラス越しに、貞吉は外の景色を見つめていた。近景には黄金色の稲穂がなびき、遠景には阿武隈《あぶくま》の山並みが連なる。

　車両の端の扉が開いて、車掌が現れて告げた。

「次は郡山《こおりやま》、郡山に到着です」

　揺れをこらえつつ、座席の間の通路を歩いていく。一等車両の客席は人影がまばらで、声高に話す者もいない。

「郡山か」

　貞吉はひとり言をつぶやき、通路を隔てた反対側に、一瞬、目をやった。西向きの車窓にも、やはり黄金色の田園が広がり、その先には奥州山脈の稜線が続いている。

　郡山で下車して、あの山並みを越えれば、すぐに猪苗代湖だ。さらに西には、実り豊かな会津盆地が広がる。

明治も二十一年となり、この秋で戊辰戦争から、ちょうど二十年になる。西南戦争からでも十一年が経つ。

その間、工部省は電信のみならず、鉄道網も着々と延ばし続けてきた。鉄道は大勢の人々の役に立ち、まして線路という形で、電信よりも、なお成果が人の目に見えやすい。

そのため三年前に内閣制度が始まると、工部省の生みの親である伊藤博文が、初代内閣総理大臣に就任した。同時に工部省から電信や郵便部門が分かれて、逓信省が発足した。

長年、貞吉は一通信技師として働いてきた。緻密な仕事ぶりは評価されても、長州や佐賀の出身者に比べると、やはり出世は遅かった。

だが分離によって省内の部門が増えたこともあり、ようやく去年、東京工務局の第一課長になった。三十四歳での初めての大きな昇進だった。

以来、家族との住まいを東京に定め、電信が延びる先へ先へと、鉄道を使っての出張が増えている。それも課長になってからは、一等車両の切符が支給されるようになった。

ただし東北への出張は、今回が初めてだった。一昨日、山形での任務を終え、馬で仙台まで出て、そこで一泊してから、東京に帰るところだった。仙台から上野までの路線も、去年、開通したばかりだ。

今回の出張が決まった時に、舅《しゅうと》の松尾鎮太郎に言われた。

「帰りに会津に寄ってきたら、どうだね。そろそろ、故郷に足を向けてみても、いい頃だろう」

それに対して貞吉は、行くとも行かないとも答えられなかった。

近年は東京でなら会津出身の知り合いとも会えるし、臆すことなく昔話もできる。なのに会津の城下町は、今なお遠かった。

仙台駅で乗り込む際にも、あえて東側の席を選んで座った。会津に続く山並みを見たくなかったのだ。

それでも、まもなく郡山と聞くと、心が騒ぐ。やはり次で降りて、足を伸ばそうかとも思う。

大きな荷物はチッキで上野まで送ってしまったが、一泊くらいなら、網棚の上の手荷物で間に合う。帰りが遅れることは、郡山局から業務電報を打てばすむ。

会津で両親や弟にも会いたい。住所はわかっている。

人の目が気にはなるが、もう二十年も経って、自分は十五歳の時とは面変わりしている。断髪で眼鏡もかけているし、だいいち洋装だ。昔の知り合いに、たまたま出会ったところで、わかるはずがない。

でも自分が帰ってきたと、もしも後で周囲に知られたら、親兄弟が白い目を向けられまいか。ならばいっそ誰にも会わずに、ひとりで城下を訪ねて、黙って帰ろうか。

迷っているうちに、列車は速度を落としていく。西側の窓の外に、郡山駅のプラットホームが現れた。

速度が落ちていき、とうとう停車した。先頭の蒸気機関から、大量の蒸気が漏れる音が響き、窓の外では駅員が告げていた。

「郡山、郡山に到着です」

その時、楢崎頼三が死ぬ前に、松野礀《はざま》に頼んだという言葉を思い出した。

「貞吉が故郷に帰れるようにしてやってくれ。かならず胸を張って、故郷に帰れるように」

やはり、それを実現しない限り、頼三は浮かばれない。

貞吉は思い切って立ち上がり、急いで網棚の上から手荷物を下ろした。そのまま大股で車両を突っ切り、扉を開けてデッキに出た。

一等車両には郡山で降りる客も、乗り込む客もいなかった。デッキからプラットホームに出るには扉はなく、ただ、たわんだ鎖が渡されているだけだ。

鎖を外そうと手を伸ばした時だった。西南戦争の時に感じた疎外感がよみがえった。もう自分は生粋の会津人ではない。そう思うと、目の前の鎖をつかめない。

プラットホームから、また駅員の声が聞こえた。

「上野行き、発車します」

甲高い笛の音が続く。降りるなら今だ。今しかない。そう思うのに、なおも鎖を外せない。

列車が動き始めた。白い蒸気が目の前を、ゆっくりと流れていく。今なら、まだ飛び降りられる。

だが、ためらっているうちに速度が増していった。足がすくみ、石造りのプラットホームが、たちまち後方に過ぎていく。もう駄目だと、諦めが湧き上がる。

いつしか郡山の家並みも通り過ぎ、気がつけば列車は、また黄金色の田園地帯を走っていた。

奥州山脈の稜線が目に入る。あの向こうに会津の城下町がある。帰りたい。でも昔も今も、自分には帰る資格はなかった。

貞吉は車両の扉を開けて、さっきまで座っていた東側の座席に戻り、手荷物を網棚に手荒く投げ上げた。

そして座席に腰掛け、苛立ちをぶつけるように、拳に力を込めて木製の肘掛けをたたいた。下車できなかった自分自身が情けなかった。

貞吉は東京に戻ってから、文箱《ふばこ》を探って、松野礀から届いた古い年賀状を取り出した。差出人の住所は麹町《こうじまち》だった。

受け取ってから、もう十一年も経っている。同じところに住んでいるかどうか、定かではない。それでも訪ねてみようと思った。磵が結婚して暮らし始めた場所だし、そのまま定住した可能性もある。

今になってみれば、磵の留学中の恋愛を不愉快に感じたのは、子供じみていた気がしてならない。

やはり楢崎頼三の言葉が、どうしても心に引っかかっていた。

「貞吉が故郷に帰れるようにしてやってくれ。かならず胸を張って、故郷に帰れるように」

自分はその思いを、いまだに実現できないでいる。だから磵には合わせる顔がない。でも逆に磵に会うことで、もしかしたら帰るきっかけがつかめそうな気もする。

数日間、悩んだ末に、貞吉は会いに行こうと決意し、麴町の住所宛に葉書を送った。無沙汰を詫び、近いうちに訪ねていきたいので、ご都合がつく日をご指定くださいと綴った。

返事が来なかったり、宛先不明で戻ってきたりしても致し方ないと、半分は諦めていた。

しかし意外なことに、すぐに返事が来た。次の日曜日に自宅で待っていると、走り書きされていた。いかにも急いで出した葉書だった。

貞吉は日曜当日、朝食がすむなり、妻のレンに言った。

「昔の恩人の家に、ちょっと挨拶に行ってくる」

普段着の着物から、背広に着替えながら、言い添えた。

「長州に行くきっかけを作ってくれた人だ」

レンは余計なことは聞かない。少し心配そうにしながらも、背広の襟を直して言った。

「わかりました。いってらっしゃいませ」

玄関には七歳になった一雄《かずお》と、四歳の浦路《うらじ》が駆け出してきて、並んで正座し、両手を前について、可愛らしい声で挨拶する。

「お父さま、いってらっしゃいませ」

麴町は維新前、大名の中屋敷や旗本屋敷があった地域だ。今も立派な門構えと海鼠塀《なまこべい》が続き、政府の上級役人たちの住まいが多い。

その中のひとつに松野礀の表札があった。玄関で名乗ると、すぐに奉公人が取りついでくれた。昔ながらの玄関の脇に、建て増したらしい洋館があり、玄関とは別の出入り口から、靴のままで案内された。

部屋の中には、ゴブラン織のソファが猫脚のテーブルを囲んでいた。最後に礀と会った神戸のオリエンタルホテルでも、猫脚のテーブルだったなと思い出す。

その時、背後で声がした。

「貞吉ッ」

振り返ると、扉が開いて、洋服姿の磵が立っていた。

「よく来てくれたな。葉書を読んで、楽しみにしていた」

貞吉は恐縮して頭を下げた。

「ご無沙汰して、失礼しました」

「いや、そんなことはかまわない。それより来てくれて嬉しい」

磵は目を輝かせて椅子を勧めた。

「とにかく座ってくれ。クララも、すぐに来る」

ふたり差し向かいでソファに腰かけた。

「ところで会津には帰ったのか」

やはり、その問いが待っていたかと思いつつ、正直に応えた。

「出張で、近くを通りはしたのですが」

磵は少し落胆した様子だった。

「そうか。まだ帰っていないのか」

その時、西洋人の女性が、銀の盆に珈琲茶碗とポットを載せて現れた。

「妻のクララだ」

貞吉は立ち上がって日本語で挨拶した。

「はじめまして。飯沼貞吉と申します」

クララは西洋人としては小柄で、茶色い巻き髪を襟足でまとめ、肌が透き通るように白く、可愛らしい印象の顔立ちだ。襟が詰まって、足元まで届くドレスを着ている。

それが気さくな笑顔になって言う。

「はじめまして、クララです」

驚くほど日本語が上手だった。それを伝えると、クララは少し肩をすくめて笑った。

「上手なのは挨拶だけです。難しい話は、わかりません」

謙遜するところも日本人的だった。

クララは貞吉と磵の前に珈琲を置くと、ドイツ語で奥に声をかけた。すると明るい髪の、これまた愛らしい少女が現れた。やはりドレス姿だ。

「ひとり娘のフリーダだ」

磵が紹介すると、フリーダは両手を前に揃え、日本式に頭を下げて挨拶した。

「日本の名前は文《ふみ》です。数え年で十二歳です」

日本語は普通の日本の娘たちと、まったく変わらず、しっかりした印象の少女だった。

それからクララは、ごゆっくりと言い置いて、フリーダと一緒に奥に戻っていった。

「いいご家族ですね」

ふたりの後ろ姿を見送って、貞吉が褒めると、磵は少し顔をしかめた。

「いい家族ではあるのだが、ここまで来るのには、ずいぶん苦労もあったのだ」

「昔の年賀状で拝見しました。書類不備で、なかなか結婚が認められなかったとか」

「まあ、書類不備というのは表向きの理由だ。政府の中には、僕が官費で留学したのに女になどうつつを抜かしていたと、口汚くののしる者がいた。むしろ、ほとんどが、そんな反応だった」

貞吉は心が傷んだ。年賀状をもらった時の自分の感情も、似たようなものだった。頼三の苦しみは、磵の結婚とは何も関わりはないのに、不愉快に感じたのは、やはり心が狭かったと認めざるをえない。

磵は珈琲を勧めてから言った。

「昔、静岡で会った林研海先生を、覚えているか」

「覚えています。オランダ帰りのお医者で」

「あの人が話していただろう。オランダで女性に支えてもらったけれど、別れて帰国したと。あの話を聞いた時に、僕だったらできないと思った。世話になった女性を、自分の都合で捨ててくるなんて」

貞吉の記憶がよみがえる。確かに静岡病院の診察室で、そんな話を聞いた。だが磵が林研海を反面教師にしていたとは意外だった。

「そうでしたか」

貞吉は珈琲をひと口飲んでから聞いた。

「それでクララさんは、今も女子師範の付属幼稚園で教えておいでですか」

それは昔の年賀状に書いてあったことだ。しかし磵は、また顔をしかめた。

「いや、二年しか続けられなかった」

「二年？」

日本に幼児教育を導入する夢を持っていると、年賀状に書かれていたのに、たった二年とは、これまた意外だった。

「何かあったのですか」

「僕たちの苦難は、なかなか結婚の許可が出なかったことだけでは終わらなかった。むしろ、それが始まりだったのだ」

ドイツは幼稚園発祥の国だという。フレーベルという教育学者が、小学校入学前の体験を重視したのだ。特に園庭での遊びや、草花の世話などに重点を置いた。

女子師範学校の附属幼稚園が、日本初の幼稚園として開園したのは、明治九年十一月半ばだった。翌月の末には、磵との結婚が認められ、ほぼ同時にクララは幼稚園の首席保母として迎えられたという。

「年賀状には詳しくは書かなかったと思うが、まさにクララの存在を意識しての開園だったし、彼女自身も一生の仕事として、張り切って取り組んだ。ただ、子供を幼稚園に通わせようという親は、どうしても上流階級に限られ、『ばあや』や『ねえや』がついてきて、退園まで待っているような毎日だった」

クララが子供たちを園庭で遊ばせると、特に女児の「ばあや」や「ねえや」が顔をしかめ、親たちから苦情が来た。しとやかに育たないし、屋外にいると色黒になるというのだ。

草花の世話をさせれば、土いじりなど農家の子ではあるまいしと呆れられるし、積極性を引き出そうとすると、でしゃばりになると文句が出た。

クララの健康的な教育方針は、親たちのみならず、女子師範学校からも賛同を得られなかった。唯一できることといえば、ピアノを弾いて、子供たちに西洋の音階の歌を歌わせるくらいだった。

磵は溜息混じりに言った。

「フリーダが生まれると、赤ん坊を置いて働きに出るのは可哀想だとか、母親の役目も果たせない者に、保母が務まるのかなどと言い立てられた。まさに辞めろと言わんばかりだった」

とにかく園児の世話よりも、保母の育成に力を注いで欲しいと頼まれ、女子師範学校の希望者にピアノを教えた。

だが、まがりなりにも歌の伴奏ができる者が育つと、とうとうクララは居場所を失って、幼稚園を追われたという。

「クララは泣いた。なんのために日本に来たのかと」

礀は手元の珈琲茶碗に目を落とした。

「いっそクララは、ドイツに帰りたかったことだろう。来日したことも、さぞ悔いたと思う」

しかしドイツを離れる時に、周囲の反対を押し切って礀の後を追ってきたために、今さら帰国はできなかったという。

「その状態は、貞吉、おまえと似ている。故郷に帰れない理由は、おまえの方が重いが、ドイツは会津よりも、はるかに遠い」

貞吉は身につまされた。すっかり幸せだと思いこんでいた礀の家庭で、そんなことが起きていたとは。

「僕は、そうなって始めて、頼三の死ぬ前の言葉が身にしみた」

「死ぬ前の言葉？」

「あいつは、こう言ったんだ。よかれと思って、貞吉を長州に連れていったが、それが貞吉にとって、よかったことなのか。むしろ可哀想なことを、してしまったのではないかと」

「でも松野さんは、その言葉を打ち消してくださったのでしょう」

「その時は否定した。でもクララのことがあって初めて気づいた。僕は頼三の苦しみを理解しないまま、安易に励ましてしまったと」

「でも、クララさんに聞かれたのですか。来日を悔いたかどうか」

「いや、正直なところ、怖くて聞けなかった」

貞吉は記憶をたどりながら言った。

「確か松野さんは、楢崎さんが亡くなる前に、おっしゃいましたよね。自分は留学したことを悔いてはいないし、貞吉だって長州に連れて行かれたことを、けっして恨みはしないはずだと」

「ああ、言った」

「その通り、私は恨んでなどいません。むしろ感謝しています。だからこそ言えます。クララさんだって日本に来たことを、けっして悔いてはいないと」

「本当に、おまえには悔いはないのか」

「ありません」

「ならば、なぜ会津に帰らない?」

「なぜと言われても」

郡山で下車できなかった理由は、うまく説明できない。ただ故郷に帰るのが怖かったのだ。

礀は空になった珈琲茶碗を、テーブルに戻した。

「僕には、もうひとつ気がかりがある。頼三との約束が果たせていない。あいつは僕に頼んだのだ。貞吉が胸を張って、故郷に帰れるようにしてやってくれと」

貞吉は思わず目を伏せた。やはり礀も、その点を気にかけていたのだ。

「実は、私も帰ろうとは思っているのです。でも、どうしても踏み出せず、もしや、ここに来たら決意ができるだろうかと思って」

礀は身を乗り出して言った。

「ならば帰ればいい。何をためらう？」

「そうですね」

貞吉は口ごもりつつも約束した。

「わかりました。できるだけ早く帰ります」

ただ郡山駅でのことを思い出すと、いまだ心もとない気がした。

案の定、故郷は遠かった。つい後送りにしているうちに、貞吉は広島に異動になってしまったのだ。

今度は電信建築署長代理という肩書で、広島を中心にして各地に電線を延ばす仕事であり、家族を伴って赴任した。

広島在勤中、また硼から手紙が届いた。楢崎豊資が病気だと知らせてきた。

豊資とトミは長州から東京に移ってから、一時期、旧長州藩邸の一角に住んでいたが、その後は白金に家を建てて暮らしているという。白金の住所も記されていた。

ちょうど東京に出張があり、住所を頼りに見舞いに行ってみた。すると夫婦ともに予想以上に老いており、特に豊資は寝たきりになっていた。

それでも豊資は貞吉を笑顔で迎え、かすれ声で言った。

「噂には聞いていたが、いやはや立派になったものだ」

「ご無沙汰して申しわけありませんでした」

「いや、こっちこそ住所も知らせずに、悪かった。で、会津には帰っているのか」

「実は、まだなのです」

「なんだ、帰っておらんのか」

「情けないことですが」

「白虎隊士の墓ができたという噂を聞いたぞ」

「それは私も耳にしています」

十七回忌を機に飯盛山に合葬墓ができ、去年、二十三回忌を迎えて、銘々墓が建立されたという。

「そうか。ならば墓参りをしてやれ。死んだ仲間も喜んでくれよう」

貞吉は少し気まずさを感じた。仲間の墓参りは、ただ故郷に帰るだけよりも、なお敷居が高い。その気持ちを正直に口にした。

「私などが墓参りしたら、追い払われそうで」

「誰が追い払うというのだ」

「死んだ者たちが」

「何を言うか。逆だ。かならず喜ぶ」

「そうでしょうか」

「当たり前だ。もしも、おまえが逆の立場だったら、どうだ？　おまえが死んで、生き残った仲間が苦しんだ挙句に、立派になって墓参りに来てくれたら、それは嬉しかろう」

思いもかけなかった指摘だった。貞吉としては、自分が新政府に出仕したことすら後ろめたく、死んだ仲間には、とうてい顔向けはできないと思い込んできた。

「おまえの両親は、おまえの出世を喜んだだろう。私たちも同じだし、死んだ仲間たちだって喜ばないはずはない」

その言葉で、今度こそ決心がついた。

「わかりました。できるだけ近いうちに会津に行きます。死んだ仲間の墓参りに」

豊資は穏やかな笑顔を見せた。

「貞吉、そろそろ私は寿命だ。あの世で頼三に会ったら、よく言っておく。貞吉は立派になっただけでなく、何もかも乗り越えたと」

トミも励ましてくれた。

「きっと行っておいでなさい。そうしてこそ、あなたは重荷を降ろせますよ」

さざえ堂に向かう小道は、左右を木立に囲まれて、やかましいほどの蟬の声が響いていた。

見上げると、緑の梢《こずえ》の間に、突き抜けるような青空が広がっている。東京の夏空とは青の濃さが違う。小道沿いに風が吹き抜け、北国の夏は爽やかだった。

貞吉は、かすかな緊張感を抱きながら歩いていた。あれから広島に戻り、盆休みを利用して、はるばる会津までやって来たのだ。

列車で郡山まで来て一泊し、今朝方、猪苗代を経て、会津盆地に足を踏み入れた。そして、これから、ひとりで飯盛山に登ろうとしていた。

ようやく正面にさざえ堂が見えてきた。さざえの殻のように、ねじれながらそびえる背の高いお堂だ。

子供の頃に父に連れられて、遊びに来た時の記憶がよみがえる。登りと下りの斜路が別々の二重構造になっており、人とすれ違わずに登って、そのまま降りてこられる。それが子供心に不思議でたまらなかった。

さらに小道を進んでいくと、蟬しぐれの中に、涼し気な水音が聞こえてきた。気がつけば池の端に出ていた。水音は池から流れ出す、せせらぎの音だった。

池の対岸に断崖のような山がそびえ、一箇所だけ山肌の緑が途切れている。岩がむき出しで、そこに黒々とした洞窟が口を開けていた。

貞吉は声に出してつぶやいた。

「ここだ」

あの日の記憶が、まざまざとよみがえる。

そぼ降る雨の中、この山の向こう側で仲間たちとともに水に入り、真っ暗な洞門をくぐって、ここまでたどり着いたのだ。

寒さにふるえながら、水から上がった場所も、はっきりとわかる。足がかりの石が、あの時と変わらずに残っていた。ここから上がってくる隊士の人数を、まとめ役の篠田儀三郎が数えて、十六人全員が洞門から出たことを確認したのだ。

そして一同は、さざえ堂の脇を抜け、急坂に向かった。永瀬雄次が怪我をしていて歩けず、貞吉が林八十治と交代で肩を貸し、夢中で坂を登ったのだ。

同じ坂を、貞吉は一歩一歩、踏みしめながら歩いた。どうしてあんな力が出たのか不思議になる。だが、すぐに理由を思い出した。置き去りにしたくなかったのだ。雄次のことも八十治のことも。

皆で揃って自刃したのも、同じ気持ちからだった。城に戻って戦い続けようという意見が出た時に、自分のことはかまわずに皆で城に向かえと、雄次が言ったのだ。それに八十治が同調し、ここでふたりで刺し違えて死ぬと言い出した。ふたりの言葉を聞いた途端に、城に戻るという選択肢は、全員の心の中から消えたのだ。

そこまで思い出すなり、貞吉の足が止まった。

あれほど仲間を置き去りにしたくなかったのに、なぜ、よりによって自分が取り残されたのか。疑問が重くのしかかり、胸苦しくなって坂が登れなくなった。

その時、墓参りの帰りとおぼしき家族連れが、坂の上から降りてきた。貞吉よりも少し若そうな夫婦で、十歳くらいの少年を頭に、幼い子供たちを連れている。

貞吉は知り合いではなかろうかと、思わず顔をそむけた。すると、それが逆に目についたのか、男の方が声をかけてきた。

「どうなさいました？　もしや具合でも？　顔色が悪いですよ」

貞吉は、とっさに言い訳をした。

「大丈夫です。急な坂で、少し息が切れただけで」

だが相手の顔に目が釘づけになった。明らかに永瀬雄次の面影があったのだ。年齢からして雄次の弟に違いなかった。ならば少年は雄次の甥か。

あまりにまじまじと見つめたせいで、今度は相手に不審がられてしまった。

「何か？」

「いいえ、何でもありません。何でも」

貞吉は慌てて頭を下げると、家族連れから離れ、また坂を登り始めた。

坂の上が開けて、広場が見えてきた。この辺りは昔は木立が続いていたはずだが、かなり広範囲に伐採した様子だった。

かすかに線香の匂いがする。どうやら白虎隊の墓は、この広場の何処《どこ》かにあるらしい。

そう思った途端に、また足が止まった。やはり、死んだ仲間に拒まれはしまいか。もう嫌というほど繰り返した迷いが湧き上がる。

貞吉は、首を横に振った。そんなことは乗り越えて、ここに来たのではないか。今さら何をためらう必要があろうか。

ひとつ息をはくと、前を向き、大股で歩き始めた。すぐに広場に出た。

線香の香りに誘われて、左に目をやると、広場の端に墓所があった。土を小高く盛った一角に石垣が組まれて、十数基の墓石が一列に並んでいる。

どの石も夏の木漏れ日を受けて、静かにたたずんでいた。いかにも盆らしく、すべての墓石の前に、新しい花が手向けられている。

合葬墓らしき大きな石碑も建っている。広場には清々《すがすが》しく、穏やかな空気が流れていた。

貞吉は、仲間たちに拒まれていないと感じた。それどころか、よく来たと迎えてくれている。ひとつひとつの墓石が、微笑んでいるかのように見えた。

ずっと抱えてきた緊張が解けていく。来てよかったという思いが湧く。やはり仲間たちは喜んで迎えてくれたのだ。それが心の底から嬉しく、ありがたかった。

近づくと、石の表面に俗名が彫られているのが見えた。

線香の煙の立つ墓石の文字は永瀬雄次。その一基だけが水に濡れている。やはりさっきの家族連れが、参拝していったに違いなかった。

林八十治の墓もある。篠田儀三郎の墓も見つけた。文字を目で追いながら、貞吉は、ゆっくりと墓の前を歩いた。

一基たりとて、知らない名前はない。灰色の石に刻まれた名を見ると、本当に皆、死んでしまったのだという思いが、改めて胸に迫りくる。

ひとつの墓石の前で、足が止まった。西川勝太郎の墓だった。

洞門をくぐる前のせせらぎ沿いの道で、勝太郎が栗の毬を踏んで、ちょっとした騒ぎになったのだ。腹が減ってたまらず、皆で栗を落として食べた。口にえぐみが広がるばかりで、少しもうまくはなかったけれど、今になって思えば、皆で笑ったのは、あれが最後だった。

目を閉じると、勝太郎や儀三郎の笑顔が、まぶたによみがえる。同時に、たまらないほどの懐かしさが込み上げる。

仲間たちの笑顔の記憶は、藩校日新館に続く。毎日、漢籍を読んでは、真剣に解釈を論じ合い、剣術に精魂を傾けた。その一方で、よく笑った。

誰もが純粋で、正々堂々と振る舞うことを目指していた。卑怯と後ろ指を指されることを何より恥として、青春の日々を過ごしていたのだ。

そして仲間たちは十六年か十七年の短い生涯を閉じた。貞吉ひとりだけが、こうして長い年月を生きてきた。それも楽ではない年月を。

貞吉は手を伸ばし、西川勝太郎という文字に、そっと指先で触れて、小声でつぶやいた。

「なぜ、介錯してくれなかったのですか」

それは息を吹き返して以来、ずっと抱き続けてきた疑問だ。恨みと言ってもいい。

あの時、勝太郎の剣の腕を見込んで、何人もが介錯を頼んだ。貞吉も頼んだはずなのに、喉を突いた時点で息絶えたと見なされたのか。

だが、その後にハツが来て、まだ貞吉に息があることに気づいた。ならば勝太郎も気づいてくれても、よさそうなものだと思う。だが今さら悔いたところで、まして恨んだところで、どうなるわけでもない。

貞吉は勝太郎の墓前から離れて、すべての墓を見渡した。墓石は、ちらちらと揺れる木漏れ日を受け、前を向いて一列に並んでいる。

その中に、飯沼貞吉と彫られたものがないのが哀しかった。できることなら仲間たちとともに、この地に眠りたかった。

もしも、ここに貞吉の墓もあったとしたら、どれほど両親は誇らしかっただろうか。さっき出会った雄次の弟夫婦のように、盆や彼岸などの季節ごとに、ここに参れたはずなのだ。

貞吉はポケットから、線香束とマッチを取り出して火をつけた。しっかりと炎が上がってから、大きく振って消し、少しずつ取り分けながら、すべての墓石の前に置いていき、改めて手を合わせた。

それから自刃の場に向かった。

そこは広場から少し南に下った斜面だった。地元の人々の墓地が山裾から広がり、そのために大きな樹木が少なくて、見晴らしがいい。

あの時、ここから見下ろした風景は、稲刈り前の黄金色だった。でも今は夏の日差しを浴びて、緑に輝く田園が広がっている。その先には会津の城下町が見えた。いかにも穏やかな眺めだ。

戊辰戦争の際に、天守閣は焼け残ったと聞いている。だが無数の砲弾を受けた上に、その後、放置されて荒れ果て、明治七年に取り壊されたという。ただ、あの辺りだろうと見当はつく。

近年、貞吉は白虎隊の自刃について、噂話を聞くことがあった。人は貞吉が会津の出身だと知っても、よもや白虎隊の生き残りとは思わずに、耳にしたままを話す。

「白虎隊の人たちは、見晴らしのいい山に登って、そこから、お城が焼けているのを見て、もう駄目だと諦めて、腹を切ったそうですね」

貞吉は、おやっと思った。まるで自分たちが帰る場を失って、それで死を選んだかのように語られている。自分たちは城が焼けたと思い込んだわけではない。むしろ城に戻って戦い抜こうと、言い合いになったくらいだ。

同じような話を、また別の人からも聞いた。それが、かなり広まって、信じ込まれている様子だった。

自刃の場に立ってみて、そんな噂が、改めて腹立たしく思えた。それでは、まるで犬死扱いではないか。

貞吉は斜面を見渡した。あの時は混乱の極みだったが、かすかな記憶を頼りに、自分が喉を突いた場所を探した。見覚えのある樹木があり、その下に大きな石が地面から顔を出していた。

「ここだ」

貞吉は確信した。

最初に脇差で喉を突いても、奥まで突き抜ける手応えがなく、激痛をこらえつつ、この石まで這ってきた。そして柄頭を石に載せ、切っ先に向かって前のめりに身を投げ出したのだ。

そこにしゃがんでみると、はっきりと情景がよみがえった。永瀬雄次と林八十治が刺し違えた場所も確定できる。

たがいに刃を交わす前に、雄次が西川勝太郎に告げた言葉も思い出した。

「俺は八十治と刺し違えるが、この怪我だ。俺の力が足りなくて、八十治が苦しむようなことになったら、どうか介錯してやってくれ」

勝太郎が立っていた場所も、あそこだと言い切れる。貞吉も介錯を頼んだはずなのに、なぜ。やはり疑問は捨てきれない。

だが、この場に来てまで繰り言はよそうと、貞吉は立ち上がった。そして、もう帰ろうと思って、広場に戻る坂に向かった。

急坂を登りかけた時だった。広場の方から一条の風が吹きつけ、木々の枝と葉が、さわさわと揺れた。

次の瞬間、耳の奥で、儀三郎の声が聞こえた。

「俺たちは、武士の本分を明らかにするために、ここで死ぬ。この戦争で会津人が間違ったことはしていないと、後世に訴えるために死ぬのだ」

貞吉は足を止め、そうだったと合点した。あの時、武士の本分という言葉で、少年たちの心は定まったのだ。

それは幼さゆえの勘違いだったかもしれない。ここで揃って死んだからといって、会津人の正当性を訴えられたわけではない。

ふたたび風が吹きつけて、また儀三郎の声がした。

「その意図を、誰かに城中に伝えてもらいたい。砲弾が降り注ぐ中、命がけで突破して、殿に言上して欲しい。俺たちの死が犬死ではないと」

その後の光景も、ありありとよみがえった。

儀三郎が自分の火薬入れを差し出し、これを使って城まで戻れと命じたのだ。そして最年少の貞吉に、皆の視線が集まった。おまえが城中に知らせろと言わんばかりに。

だが雄次が貞吉をかばってくれた。貞吉は自分を置き去りにしたくなくて、ここまで力を貸してくれたのだから、皆で死ぬのなら一緒に死なせてやってくれと。

その結果、全員、揃って死のうと決まったのだ。

決断の言葉を吐いたのは、ほかでもない西川勝太郎だった。

「さあ、今こそ死に時だッ」

勝太郎にも生き残るつらさは、嫌というほどわかっていたに違いない。それでも貞吉の介錯をしなかった。

やはり自分たちの死の意味を、伝えさせたかったのか。それとも最年少ゆえに、命を奪うのが忍びなかったのか。それとも、やはり絶命したと見誤ったのか。

本当の理由はわからない。でも何らかの意志が働いて、生き残ったのは確かだった。

今もって白虎隊の自刃の意図は、世に知られていない。それどころか城が焼かれて、帰るところがなくなったからだと、誤解されている。

もういちど儀三郎の声が聞こえた。

「その意図を、誰かに城中に伝えてもらいたい。砲弾が降り注ぐ中、命がけで突破して、殿に言上して欲しい。俺たちの死が犬死ではないと」

今まで生きてきた長い年月、貞吉の周囲には見えない砲弾が降り注ぎ続けた。死にたくなるほどつらかったこともあった。でも苦しみながらも、なんとか突破して、ここまで来たのだ。

そして生き残った意味に、初めて思い当たった。

自分は伝えなければならない。仲間たちは武士の本分を明らかにしようとして、死を選んだのだと。

急坂の登り口から、自刃の場を振り返った。その時、母の詠んだ歌が、ふいに口から出た。

「梓弓むかふ矢先きはしげくとも　ひきなかへしそ武士《もののふ》の道」

思えば自分は引き返したことはない。たったひとりの白虎として、見えない砲弾の中を、ずっと歩み続けてきたのだ。

今こそ訴えるべきだと自覚した。仲間たちの死が、けっして犬死ではないと。

阿賀川《あがかわ》は会津盆地を南から北へと縦断する河川だ。その上流側、盆地の南端近くに六日町《むいかまち》という集落がある。会津城下からは二里ほど南の村だ。

貞吉は飯盛山を下ってから、両親から受け取った手紙の住所を頼りに、六日町の家を訪ねた。

集落の家々は、どこも茅葺きの農家だった。道行く人に訪ねると、飯沼家の場所を教えてもらえた。

目指す家も茅葺きの小さな建物で、かつての城下の屋敷とは比ぶべくもない。だが手紙には、斗南の暮らしから思えば、本当にありがたいと綴られていた。あれからも貞吉は送金を続けている。

ちょうど夕餉《ゆうげ》の支度の時間で、屋根の煙出しからは、ゆらゆらと白い煙が上がっていた。南向きの座敷は夏のしつらえで、障子の代わりに簾《すだれ》が下がり、風が通り抜けて涼しげだ。土間の引き戸も開け放たれており、貞吉は、それに向かって進んだ。

土間の中が垣間見《かいまみ》えた。姉さんかぶりの女が、かまどの前にしゃがんで、火を熾《おこ》している。年格好からして弟の嫁に違いなかった。

女は貞吉に気づいて、頭の手ぬぐいを外しながら立ち上がって聞いた。

「どなたさまで？」

「貞吉です」

次の瞬間、女が目を見開き、裏口から飛び出していった。

「お姑《かあ》さん、貞吉さんが、貞吉義兄《にい》さんが」

すると裏口から、ひとりの老婆が肩で息をしながら現れた。裏の井戸端で水仕事でもしていたらしい。髪は真っ白で、顔には深くしわが刻まれていた。斗南での苦労が偲《しの》ばれた。

母は貞吉を認めるなり、土間を突っ切って、転びそうになりながらも駆け寄ってきた。

貞吉は思わず手を差し伸べ、母は背広の袖にすがって言った。

「よくぞ」

もう涙で言葉が続かない。それでも絞り出すように言った。

「よくぞ、帰ってきてくれました。待っていましたよ。きっと帰ってきてくれると、母は信じていました」

ぽろぽろと涙をこぼす。

その時、奥から父も飛び出してきた。

「貞吉ッ」

それきり父にも貞吉にも言葉はなく、ただ涙で再会を喜び合った。

十　植樹の丘

貞吉は郡山から東京に出て、広島に戻る前に、麹町の松野家を訪ねた。すると門前に人力車が停《と》まっており、かたわらで車夫が地面に腰を下ろして、煙管を吹かしていた。

ちょうど玄関脇の洋館から、若い娘が出てきたところだった。華やかな振袖を着ている。磵《はざま》とクララも外に出てきた。

すぐに磵が貞吉に気づいた。

「おお、よく来たな」

貞吉は少し遠慮して言った。

「お客さんでしたら、また出直しますが」

すると娘が首を横に振った。

「いいえ、私は、もう帰るところですから」

そしてクララと握手をした。

「どうか、先生、お元気で」

クララは握手に応じながら、娘を抱き寄せて、背中に手をまわした。

「いい奥さんになりなさい。いいお母さんにも」

娘が人力車に乗り込むと、さっそく車夫が走り出した。

遠ざかる車を見送って、磵が言った。

「クララが女子師範の幼稚園にいた時の教え子だ。今度、嫁に行くというので、挨拶に来たのだ」

貞吉は驚いて聞き返した。

「幼稚園の教え子さんが？」

「そうだ。辞めてから十二年になる。五歳だった子が、もう十七だ」

幼稚園の短期間に教えただけで、それほど慕われているのが驚きだった。

「ここ何年か、盆や正月に、遊びに来てくれる者がいるんだ」

幼稚園の教え子たちは、皆、学習院や華族女学校に進み、ずっと同じ学校の同級生だった。幼い頃は親の言いなりだったが、近年になって誰かが、優しかったクララ先生を訪ねてみようと言い出したという。

クララが貞吉に笑顔を向けた。

「皆が来てくれて、嬉しいです」

そのまま洋館に招き入れられて、貞吉は磵に報告した。

「この盆休みを利用して、会津に行ってきました。死んだ仲間たちの墓参りもして、両親の家も訪ねてきました」

　磵は肘掛け椅子の上で身を乗り出した。

「それで、どうだった？」

「家族はもちろん、死んだ仲間たちも歓迎してくれたように感じました。行って、よかったと思います」

　その時、クララが珈琲を淹れて戻ってきた。磵が貞吉に聞いた。

「おまえのことをクララに話してもいいか」

「もちろんです」

　すると磵はドイツ語で話し始めた。クララは珈琲茶碗を夫と貞吉の前に置いてから、手近な椅子に腰かけた。

　磵のドイツ語の中に、アイヅやビャッコタイという言葉が混じる。これまでの顚末を説明しているらしい。クララは鳶色《とびいろ》の目を見開いて聞き入っている。

　少し夫婦でやり取りした後、クララが貞吉に顔を向けた。

「貞吉さん、あなたは勇気のある人です」

　貞吉は意味が呑み込めなかった。

「勇気ですか」

「そうです。故郷に帰るのは、とても勇気が要ったでしょう」

「勇気というほどのことでも」

するとことが口を挟んだ。

「謙遜することはない。おまえは勇気を出して故郷に帰った。だから死んだ仲間たちも、喜んで迎えてくれたのだろう」

貞吉はクララに聞いた。

「クララさんは、ドイツに里帰りなさらないのですか」

クララは少し首を傾げて、曖昧な微笑みを見せた。

「ドイツは遠いです」

「でも日本に来たことを悔やんだりは、しないでしょう」

すると今度は、きっぱりと答えた。

「悔やみません。磵がいますから」

日本人が言ったら、のろけだと笑われそうだが、素直な言葉だった。

貞吉は磵に言った。

「ほら、心配することは、なかったでしょう」

磵は少し照れたように微笑んだ。

今も望郷の念は、クララの心の奥に秘められているに違いない。それでも来日を悔いてはいないことを、貞吉は確かめておきたかった。

「私は会津に帰ってみて、よくわかりました。いつだって故郷は待ってくれているのだと。生まれ育った土地ですから」

クララは鳶色の目を伏せて、小さくうなずいた。

その年の十二月、東京への転勤が決まり、広島の町で送別会が開かれた。

そこで、たまたま会津の話が出て、貞吉は初めて白虎隊の顚末について打ち明けた。

以来、機会があれば、貞吉は積極的に話した。しまいには、あちこちで洟をすすり始めた。

誰もが酒を飲む手を止めて聞き入り、しまいには、あちこちで洟をすすり始めた。

六年になると、中村謙という男が、白虎隊の話を本にしたいと取材にやって来た。

貞吉は包み隠さずに話した。特に自刃の理由は、間違いなく書いて欲しいと念を押した。

「白虎隊事蹟《じせき》」という題名で、本ができたのは、その翌年のことだった。それは多くの人に読まれ、自刃から二十六年を経て初めて、事実が明らかになったのだった。

貞吉はスコップの先を地面に突き立て、さらに縁を靴先で踏んで、土の中に押し込んだ。それから柄をつかみ直し、力を込めて土を掘り起こす。

それを二度、三度と繰り返しているうちに、しだいに息が荒くなる。丸い穴が掘れたところで手を止めて、額の汗をぬぐった。

「もう年だな。このくらいで息が上がるとは。若い頃は剣術で慣らしたものだが」

明治四十二年春、貞吉は五十六歳になっていた。

ドレスに前掛けをつけたクララが、麦わら帽子の下で、冗談めかして言う。

「言い訳は聞きませんよ。男の人には十本ずつ、植えてもらいますからね」

近くにいた帝大の助手が、わざと大げさに嘆いた。

「ええッ？　ひとり十個も穴を掘るんですか。それは勘弁して欲しいです。せいぜい二、三本で、力つきますよ」

クララは笑いながら両手をたたいて、ほかの助手や学生たちにも声をかけた。

「力がつきても、なんとか頑張ってくださいね。松野先生も、お喜びですよ」

助手たちは辟易《へきえき》したふりをしながらも、その実、楽しそうだ。

外房の鴨川《かもがわ》に近い山中に、東京帝国大学の広大な演習林がある。その森の一角が整地されて、人々が植樹作業に励んでいた。

ふたたびクララが声をかけた。

「じゃあ、最初はチューリップの木ですよ」

すぐに助手が異を唱える。

「クララさん、松野先生はチューリップの木では、日本人がわからないから、百合《ゆり》の木と呼ぼうとおっしゃっていましたよ」

「そうそう、そうでした。百合の木です」

百合の木は、麴町の松野家の庭にも植えられ、貞吉は花を見たことがある。確かにチューリップが開いたような花が咲くが、日本ではチューリップ自体に馴染みがない。そこで百合の木と呼ぶようになったのだ。

クララは孫たちを手招きした。

「ヘルサ、ワルドマー、そこの苗を持ってきて」

ヘルサは十歳の少女、ワルドマーは八歳の少年だ。ふたりで泥だらけになりながら、苗木を運んできた。

土付きの根が、目の粗い麻袋に包まれて、アルファベットが書かれた札がついている。ドイツから輸入された苗木だ。

クララがしゃがんで麻袋を外し、貞吉の掘った穴に、孫と三人がかりで収めた。貞吉がスコップで、穴の隙間に土を埋め戻す。

「これで、いいでしょう」

クララは立ち上がって、細い幹がまっすぐになっているか確かめてから、前掛けの泥をはたいた。

そして周囲の作業を見まわしながら、しみじみと言った。

「本当に、きっと礀は喜んでいますよ」

松野礀は去年、六十三歳で病没した。東京農林学校から、東京帝国大学農科の教授に転じ、晩年は林業の行政官に戻って、日本の森林育成に生涯を捧《ささ》げた。

江戸時代、江戸や各地の城下町で大火事が起きると、近くの山が丸裸になるほど伐採されて、大量の材木が出荷された。すると山の保水力が下がって、下流で大規模な水害が引き起こされた。

さらに明治維新によって、幕府や大名家の所有だった山々が、一挙に民間に払い下げられ、いっそう無秩序な伐採が始まった。

それに歯止めをかけるべく、礀は大学で教えるだけでなく、材木商や山持ちたちへの啓蒙《けいもう》にも力を注いだのだ。

この演習林も礀の尽力で設けられ、一部に外国種の樹木林を創ることが、長年の夢だった。日本の気候風土に合う樹《き》を探して、普及させるための布石だ。

その遺志をクララが引き継ぎ、私財を投じて、百合の木など日本にない苗木を、大量に輸入したのだ。

ただ礀夫妻は、家庭的には平穏無事というわけにはいかなかった。

ひとり娘だったフリーダが、日本にいたドイツ人貿易商と結婚し、ヘルサとワルドマーを授かったものの、二十四歳で夫とともに事故死したのだ。

以来、磵とクララが幼い孫たちを引き取って育ててきた。そして磵も見送り、今やクララと孫ふたりが残されたのだ。

ヘルサとワルドマーがブリキ製の大きなじょうろを重そうに掲げて、貞吉が埋め戻したばかりの根元に水を注ぐ。

クララが苗木の根元を見つめて言った。

「百合の木は大きくなりますよ。ドイツでは六十メートルくらいまで伸びます。道端の並木として植えると、とてもきれいだけれど、日本では駄目ね。貞吉さんのお役所の人たちが、頭が固いから」

また冗談に笑いが起き、貞吉も苦笑しつつ、指先でこめかみをかいた。

磵がヨーロッパでは街路樹が美しいと、いくら訴えても、逓信省が植えさせない。江戸時代には街道沿いの松並木や杉並木が、旅人に心地よい木陰を与えていたのに、今は電線の邪魔になると言い張るのだ。

貞吉はクララのかたわらに立って、一緒に周囲を見まわした。整地した斜面には、すでに何本もの苗木が植わり、まだまだ作業が続いている。

「松野さんの仕事は、何代にも渡って続く、壮大な仕事だったんですね。この苗が立派な森になる頃には、きっと逓信省も理解して、この木の子供たちが、街路樹として各地に植えられることでしょう」

松野礀とは私的な付き合いだったので、ほとんど仕事の話はしなかったが、林業が十年、二十年どころではなく、百年単位の事業だったことを改めて知った。

クララが根を包んでいた麻袋を、畳みながら言った。

「飯沼さんの通信の仕事も、とても大事です。人の暮らしに、直接、役立ちます」

「そうですね。いい仕事につけたと、心から感謝しています」

貞吉は、四年後に六十歳を迎えたら、仕事を辞そうと考えている。十九歳で工部省に出仕して以来、それなりの役職に就くことはできたが、生涯、一通信士という意識を捨てたことはない。

クララは麻袋を畳み終えると、唐突に言った。

「飯沼さん、私はドイツに帰ることにしました。ヘルサとワルドマーを連れて」

貞吉は驚いて聞き返した。

「本当ですか」

「はい。この植樹をすませてから考えるつもりでしたが、あなたに会ったら、すっきり決心がつきました」

ひとり娘のフリーダが、生前、子供たちにはドイツで教育を受けさせたいと望んでいたという。

「礀も死ぬ前に言いました。ドイツに帰ってもいいと。でも私は迷いました」

周囲の反対を押し切って来日したため、帰国の決意がつかなかったのだ。

「でも以前、あなたが言いました。いつだって故郷は待ってくれていると」

「私が初めて会津に帰った後ですね」

「そうです。今日、あなたの顔を見て、あの時、励まされたことを思い出しました。それで私も勇気を出して、帰ろうと決めました」

異郷で居心地の悪さを感じ、それを乗り越え、それでも故郷に帰ろうという思いは、貞吉と共通するものだ。

ただクララの年齢を考えると、いったん帰国したら、おそらく二度と日本に戻ることはない。

「クララさん、ひとつ、お願いがあります。ドイツに帰ったら、パリに足を伸ばして、楢崎頼三さんのお墓に、お参りしてもらえないでしょうか」

「もちろん行きます。磵からも、お墓の前で話して欲しいと頼まれています。貞吉さんが立派になって、胸を張って会津に帰れたと」

頼三の死ぬ前の言葉が、また胸によみがえる。

「貞吉が故郷に帰れるようにしてやってくれ。かならず胸を張って、故郷に帰れるように」

泣きながら、こうも言ったと聞いている。

「どれほど帰りたかっただろうか。貞吉は会津に」

貞吉は遠い異国にある墓を思い浮かべ、心の中で頼三に告げた。自分は胸を張って、会津に帰れましたよと。

込み上げそうになる涙をごまかすために、スコップの柄を握り直し、次の苗のために力いっぱい地面に突き立てた。

だが下を向いていると、逆に涙がこぼれてしまう。貞吉は目を瞬きながら顔を上げて、遠くに視線を向けた。

演習林の山々は、はるか彼方《かなた》まで穏やかな傾斜が連なる。そこには緑の杉木立もあれば、まだ芽吹き前の裸木もある。どの木々も温かい春の日差しを受け、水色の空に向かって、せいいっぱい梢を伸ばしていた。

解説——白虎隊生き残りの運命

中村彰彦

青龍・白虎・朱雀・玄武といえば、東西南北を司る四神《しじん》、すなわち方角神のことである。

鳥羽伏見の戦いに敗北した会津藩は、それから三カ月目の慶応四年（一八六八）三月十日、京都と江戸詰めの藩士も一斉に帰国したのを受け、洋式軍制改革をおこなった。四神の名を冠して年齢別に編制されたのは、白虎隊（初め十五歳から十七歳、のち十六・十七歳）、朱雀隊（十八歳から三十五歳）、青龍隊（三十六歳から四十九歳）、玄武隊（五十歳以上）。

これらの四隊は、所属する者が上士（組頭格以上）・中士（組士）・足軽のどの身分かにより、それぞれ士中・寄合組・足軽の三種に区分された。白虎隊は士中・寄合組・足軽が二個中隊ずつ、定員五十人の六組にわけられ、白虎士中一番隊、あるいは言葉の順序を替えて士中白虎一番隊などと呼ばれた。

本作の主人公飯沼貞吉は実在の人物であり、このうちの白虎士中二番隊に属した。隊士数は三十七人。これを指揮する中隊頭は日向《ひなた》内記。分隊行動をする時のため、その下に四人の半隊頭が置かれていたので、士中二番隊全体では四十二人であった。

白虎士中二番隊が、同年八月二十二日、新政府軍猪苗代《いなわしろ》へ侵入と報じられるや急ぎ迎撃すべしと命じられ、本来は予備兵力のはずであったのに急ぎ前線へ投入された史実は「二　自刃まで」の章に詳しい。

同夜、日向中隊頭が陣地を離れて帰って来ないうちに、士中二番隊は教導に指名されていた隊士篠田儀三郎の指揮によって行動を開始。二十三日未明、新政府軍と銃撃戦をこころみて退却せざるを得なくなり、今の時刻にして午後二時頃、飯沼貞吉をふくむ二十人が二組に別れて若松城（鶴ヶ城）の北東二千八百メートルに位置する滝沢村の飯盛山までもどってきた。

のちに貞吉の回想をもとに記録されたその時の城下の光景は、次のごとし。

「城下は早や紅蓮《ぐれん》の焔《ほのお》を上げ、君公の居ます鶴ヶ城は全く黒煙に包まれ、天守閣なども今にも焼け落つるかと思われた」（平石弁蔵『会津戊辰戦争』改訂増補版）

そこで二十人は殉国を決意するのだが、藩校日新館の学生《がくしょう》であるかれらが死を選択したのは、日新館で切腹の作法を教えられていたこととも関わりがあろう。ところが、貞吉のみはなぜか切腹も脇差を口にふくんで前に倒れ、確実に死ぬ方法も選ばず、喉を脇差で突いた。そして、しばらく喪神したものの息を吹き返してしまった。

こうして貞吉は、やがて節義と殉難の物語として日本人の胸を打つことになる自刃十九士と最後まで行動をともにしながら、死ぬべきところをひとり生き永らえたうしろめたさを抱いて明治維新を迎えることになったのだ。

その複雑な思い、「死に損ない」に対する周囲の冷い視線は「一　謹慎の寺」の章によく書きこまれているので、ここでは息を吹き返して以降の貞吉の歩みにつき、すでに知られている事実をおさらいしておこう。

①隣村の住人渡部佐平・おむめ父娘や足軽印出《いんで》新蔵の妻はつらに助けられ、主君松平容保《かたもり》も城も無事だと教えられて、若松北郊の塩川村にかくまわれる。

②地元の医者や亡命の越後長岡藩医に咽喉部の傷の縫合手術その他の治療を受け、北方《きたがた》（喜多方）へ避難していた九月八日に明治改元となり、同月二十二日、会津藩は降伏開城の止《や》むなきに至る。

③貞吉は飯沼家の若党藤太によって若松へつれてゆかれ、両親と再会したが、「何とも申し訳のない感じがして、しばらく無言で居《お》った」（同）

白虎隊の少年十九人が飯盛山で自刃していた、しかもその他に生存者がひとりいた、というニュースは、浅草で発行されていた新聞『天理可楽怖《テリガラフ》』の明治二年（一八六九）四月二十八日付、第三号が初めて報道。そこには貞吉の談話も載せられていた。

しかし、その後、自刃十九士が健気《けなげ》な殉国の英雄として語りつがれ、明治十六年（一八八三）以降は小学校の教科書『小学国史』でも紹介されたのに対し、飯沼貞吉改め貞雄という存在は次第に忘れ去られた。かれは、自刃十九士の行動と最期の模様を知る唯一の証言者だというのに。

それはおそらく自刃十九士を光になぞらえるなら、貞吉は影のような存在とみなされてしまったためであろう。

とはいえ、忘れられた人物に深い眠りから醒《さ》めてもらい、その人生を歴史小説、史伝文芸という形で描き出すことをめざす作家にとって、このような存在はまことに興味深い対象でなければならない。発掘ものの執筆を好む植松三十里さんが貞吉と出会ったことは、その意味で運命的であった。

さて、本書の最大の特徴は、自刃に失敗してから電信技師として生きてゆくまでの、これまでほとんど知られていなかった飯沼貞雄（作中では貞吉）の空白の年月が初めて文芸作品中で明らかにされた、という一点であろう。

その歩みとは驚くべきことに、会津開城後に移送された東京・護国寺の謹慎所で知遇を得た長州藩士楢崎頼三とともにその知行所のあった今日の山口県美祢《みね》市に赴き、その地でしばらく養育されていた、というものであった。

この事実はすでに楢崎頼三の令孫松葉玲子さん、長州滞在中、貞雄の世話をした高見フサの令孫吉井克也氏、飯沼家の当主一元氏の三人が、史実と認定している（「白虎隊生存者秘話／3子孫が思い語る」＝『京都新聞』平成二十五年〈二〇一三〉十月五日付。「維新をゆく 21回 長州と会津／確執越えた絆《きずな》」＝『読売新聞』山口版、平成二十七年九月二日付。飯沼一元著『白虎隊士飯沼貞吉の回生』)。

著者はそこで語られた事どもに基づきながら作品世界を構築しているわけだが、読者の中には、こう考える人がいるかも知れない。「会津人は、今も明治二年の雪解時《ゆきげどき》まで会津藩士の遺体の埋葬を許さなかった長州人を嫌っている。白虎隊の生き残りが、おめおめと長州へつれられて行って養育されるとは信じ難い」と。

そこで本稿では、幕末に長州藩が討幕に走る以前の段階では同藩と会津藩との関係は必ずしも険悪ではなかったことを示し、楢崎頼三と飯沼貞雄の交流が決してあり得ないものではなかったことを見ておく。

萩市立明倫小学校はかつて長州藩校明倫館のあったところだが、ここには「他国修行者引請剣槍術場《ひきうけけんそうじゅつば》」と呼ばれていた古い建物が現存している。長州藩には藩外からの留学生を積極的に受け入れる士風があったわけで、楢崎頼三が貞雄を帰国の旅に同行させる気になったのもそのような士風に従ってのこと、とも考えられるのだ。

さらに過去を振り返れば、天保年間、長州に長く滞在して藩士たちに宝蔵院流高田派の槍術を伝授したのは、会津藩の槍の天才志賀小太郎であった。志賀の帰国後、その入神の技と人柄を慕って会津へ留学した者たちもいたし、吉田松陰も水戸へ旅したついでに会津藩の若松城下（現、福島県会津若松市）へ立ち寄るほど同藩の人と学問に関心を寄せたものであった。

また、幕末に京に置かれた会津藩公用局（外交部門）の公用方として活躍した秋月悌《てい》次郎《じろう》（胤永《かずひさ》）が、長州藩士奥平謙輔と手紙をやりとりする仲であったことはよく知られている。会津戊辰戦争終結直後、秋月は会津人が根絶やしにされる危険を考え、せめて優良な血を後世に伝えたいと願って元白虎隊の山川健次郎らの養育を奥平に依頼した。その山川が東京、京都、九州の三帝大の総長を歴任し、「白虎隊総長」と渾名《あだな》されるに至るドラマも、本作に語られる物語と並行して進行中だったのが明治という時代なのである。

飯沼貞雄の青春を描くには、思いがけず生き永らえてしまった身のつらさ、かつての敵に養われる屈辱感や戸惑いを書きこむことも必要になる。この点は植松さんがそつなくこなしているので本文にゆずり、最後に私は貞雄が電信技師として生きてゆくことを選んだ点についてコメントしておくことにしよう。

これについては「六　口入れ屋」「七　ふたつの故郷」の章に電信の技術が何としても必要な時代になりつつあったことが詳述されていて、読んでいて大いに勉強になった。ただし、もう少し書きこんでほしかったな、と感じた部分もないではない。

そのひとつは、明治二十七年（一八九四）に日清戦争がはじまると貞雄が渡韓して京城（ソウル）―釜山間の電線架設にたずさわった、という逸話が省かれていること。この時、危険だからピストルを携行せよ、といわれた貞雄は、笑って答えた。

「私は白虎隊で死んでいるはずの人間です」(『読売新聞』昭和十五年〈一九四〇〉十月八日付)

この逸話を作中に盛りこんだ方が、死処を求める貞雄の心理をよりよく浮かび上がらせることができたのではあるまいか。

さらにもうひとつは、貞雄が昭和六年(一九三一)、七十八歳にて仙台市で死亡し、市内の墓所に葬られたものの遺言によって飯盛山にも墓碑が建てられた、という事実に関してである。自刃十九士とおなじ場所に眠りたい、と考えたその気持は察するに余りある。だが、現実のその墓碑は今日も香華の絶えない自刃十九士およびほかの白虎隊戦死者の墓碑の列には加えられず、はるかかなたに孤立している。

私などは飯盛山に参拝するたびに、両者の「距離」から殉難者たちとはしなくも生き永らえてしまった者の埋めるに埋められない何かを感じずにはいられないので、この「距離」についての植松さんの感想をぜひ最後に書いておいていただきたかった、と思うのだ。

まあ、こういうのを「隴《ろう》を得て蜀《しょく》を望む」類というのだろうけれど。


(なかむら・あきひこ　作家)

本書は、集英社文庫のために書き下ろされた作品です。

植松三十里の本

大奥延命院醜聞 美僧の寺

寺社奉行脇坂は大奥女中達が延命院参詣を口実に僧侶と密通との噂を得る。美男の住持日潤と側室の女犯の真相は……。男を禁じる大奥と女を禁じる寺に生まれた恋。書き下ろし。

大奥秘聞 綱吉おとし胤《だね》

綱吉は、側用人の妻と娘に手を出し、苦しんだ娘婿が自害するという悲劇を起こす。一方、柳沢吉保に下げ渡した側室が男児を出産。大奥で男児が生まれぬ皮肉に母・桂昌院は……。

集英社文庫

植松三十里の本

リタとマッサン

リタは、ウイスキー醸造を学びにイギリス留学中の竹鶴政孝と出会い愛し合うようになる。猛反対を押し切って国際結婚し、来日。異国の地で、献身的に夫を支えた英国人女性の生涯。

家康の母お大

水野忠政の娘お大は、松平広忠に嫁ぎ家康を生むが、離縁され久松俊勝に再嫁。しかし、陰から家康を見守り、武士としての成長を支えた。家康を天下人にした慈母の波瀾万丈の生涯。

集英社文庫

集英社文庫

ひとり白虎《びゃっこ》 会津《あいづ》から長州《ちょうしゅう》へ

2018年2月25日 第1刷
2023年8月12日 第4刷

定価はカバーに表示してあります。

著　者　植松三十里《うえまつみどり》

発行者　樋口尚也

発行所　株式会社 集英社
東京都千代田区一ツ橋2-5-10 〒101-8050
電話【編集部】03-3230-6095
【読者係】03-3230-6080
【販売部】03-3230-6393（書店専用）

印　刷　大日本印刷株式会社

製　本　大日本印刷株式会社

フォーマットデザイン　アリヤマデザインストア　　マークデザイン　居山浩二

ISBN978-4-08-745708-7 C0193